神様からの処方箋

キャロル・マリネッリ 作

大田朋子 訳

ハーレクイン・イマージュ

東京・ロンドン・トロント・パリ・ニューヨーク・アムステルダム
ハンブルク・ストックホルム・ミラノ・シドニー・マドリッド・ワルシャワ
ブダペスト・リオデジャネイロ・ルクセンブルク・フリブール・ムンバイ

EMERGENCY: WIFE LOST AND FOUND

by Carol Marinelli

Published by Harlequin Japan, a Division of K.K. HarperCollins Japan, 2024

キャロル・マリネッリ

イギリスで看護教育を受け、救急外来に長年勤務する。バックパックを背負っての旅行中に芽生えたロマンスを経て結婚し、オーストラリアに移り住む。現在も3人の子供とともに住むオーストラリアは、彼女にとって第二の故郷になっているという。

主要登場人物

ローナ・マクレラン……………医師。
マクレラン牧師…………………ローナの父。
ベティ……………………………ローナの母。
ジェイムズ・モレル……………ローナの元夫。救急科の専門医。
エリー……………………………ジェイムズのガールフレンド。
ポーリーン………………………ジェイムズの家の家政婦。
アビー……………………………臨床研修医。
メイ・ドネリー…………………看護副部長。

1

ジェイムズ・モレルはとっくにぬるくなったコーヒーのマグを手に、病院の救急科のスタッフルームへ入り、席に着いた。部屋は異様なあわただしさに見舞われ、大勢の声が飛び交い、騒然としている。

高速一号線への進入ランプ付近で大規模な衝突事故が発生し、ただでさえ忙しい金曜の午後はカオス状態だった。一台の車が凍結した路面でスリップし、長距離バスと数台の乗用車が絡む玉突き事故を引き起こした。レスキュー隊による被害者の救出は、溶けかけた雪のせいで困難をきわめた。ロンドン市内のいくつかの病院が受け入れ先になったが、ノース・ロンドン地域病院の救急科は医療班を現場に派遣し、補助スタッフも臨時に召集した。そして、時計が午後五時を指した今、救急科の受け入れ態勢は最終段階に入っていた。看護副部長のメイ・ドネリーはチームのためにサンドイッチなど軽食を注文し、スタッフの中には朝七時から勤務してさらにまだ数時間居残る者もいるため、三十分間の休憩を取らせた。いずれ救急科は他の病院に救急車を回さず、患者を直接受け入れることになる。

メイはスタッフが落ち着いたのを確かめると、愛する夫に電話をかけて帰宅がまた遅くなりそうだと告げた。いつもながら夫は愚痴ひとつこぼさず、ただ陽気に、だったら夕食は先にすませるよと言い、来年の今ごろは退職記念のクルージング中だからと励ました。メイは優しい夫に心から感謝した。

「みんな、ご苦労さま」ジェイムズの太い声が響き、室内は一瞬静かになった。「二、三日のうちにグループごとの面談をして検証するつもりだが、ひとまず、きみたちはすばらしい働きをしたと言っておく。ぼくと一緒に出動したチームはトップクラスだった。消防士も救急隊員もきみたちの働きを高く評価していたし、学生たちのこともほめていた」彼は看護実習生たちが座るほうを見やった。ジェイムズ・モレルの視線に頬を赤らめる女の子たちを見て、メイ・ドネリーは独りほほ笑んだ。

　条件反射ね。メイは前からそう呼んでいる。当のジェイムズ・モレルは、女の子の頬は誰もが少し赤らんでいるものと思っているに違いないけれど。だって、彼のそばにいるとみんなそうなるのだから！

　メイは四十年近く看護師をして多くを見てきたから、生粋のアイルランド訛《なま》りで、少しは耳の痛い忠告だってできる。でも、ジェイムズ・モレルに期待してもむだといくら言ったところで、あの女の子たちが耳を貸すだろうか？

　まずありえない。

　背が高く、がっしりした体つきの彼は、まるでラグビーのフォワードのようだ。ただ、鼻は折れて曲がってはいないし、耳もつぶれてはいない。茶色のストレートヘアに緑の鋭い瞳の彼が救急科に入ってくると、とにかく注目を集める。彼は頼りになるリーダーで、三十五歳にしては珍しく独身だ。高速道路の現場でびしょ濡《ぬ》れになり、今は青い手術着に着替えているので、両腕がむき出しになり、胸毛がほんの少しのぞいている。それに気づかない女の子は救急科には一人もいない。

「今度の土曜のミックの送別会には出ますよね？」

さりげなく探りを入れる実習生のクリスティーを、メイは黙って見守った。学生にしては少し出すぎた質問だが、女の子はみんな大いに喜んでいる。ハンサムな医師で、もちろんゲイではない彼に、女の子がアタックしようとするのは当然だもの。

「ちょっと顔を出すかな」ジェイムズは見てもいな

かったテレビ画面から視線を巡らせた。少し頭を休めようとしているのだが、うまくいかない。ひと息入れて、混乱状態が収まってきても、まだ終わりが見えない。口では説明できない不安感がどこかに残っている。もちろん、今ここに座って、次にやるべきことはちゃんと考えている。単純に、被害者が四十人を超える事故現場にいたせいだと断じることもできるが、そんなのは以前に何度も経験している。違う。やはりどこか落ち着かない。すると、こんなときに限って、アビーが声をかけてきた。

「わたしの車で行かない？」アビーはほほ笑んだが、ジェイムズは笑みを返さず、テレビに視線を戻した。

「よかったら、乗せていくわよ、ジェイムズ」聞こえなかったのだと決めつけて、アビーが繰り返す。

あらあら。メイはその様子を楽しんでいた。アビーは一番人気にその青い目をつけたらしい。救急科の誰もが想像しないだろうが、メイはいくぶん生意気な新入りの臨床研修医のアビーが嫌いだった。

「大丈夫だよ」ジェイムズは振り返りもしなかった。「まだ行けるかどうかもわからないし」

「でも」アビーは食いさがった。「あなたがちょっと飲みたいのなら、喜んで車を出すわ。土曜の夜に二人で一緒にオフのことなんてめったにないもの」

はい、はい！ アビーがまるで一緒に過ごす時間が足りない熟年夫婦のような言いかたをするのを聞いて、メイは面白がっていた。

「次の土曜日は他にも予定があって……」ジェイムズは視線を上げると、メイの大のお気に入りの〝気のない〟笑みを浮かべ、アビーをしっかりと押し戻した。アビーの顔がさっと赤らんだ。「今言ったとおり、ちょっと顔を出そうとは思っている。ミックにお別れを言いたいからね！」彼はそう言い添え、そこへ行く理由が救急科に二十年間勤めた用務員に別れの挨拶をするためだと、その場にいる全員にわからせた。「カンパを集めているのは誰かな？」

「わたしだけど」メイは言った。「あなたはもう出してくれているわ」

「そうだったかな？」ジェイムズはきき返した。

「間違いないわ」メイはうなずき、独りほほ笑んだ。ジェイムズ・モレルは仕事と私生活の楽しみを一緒にしないと、ここにいる女の子たちはいつになったらわかるの？　でも、わたしだってもう三十歳若かったら、チャレンジするかもしれない。むだな努力だろうけど。長年一緒に働いてきて、その間、彼がスタッフとつき合ったことは一度もなかったし、恋人を職場に連れてきたこともなかった。

　ジェイムズには、メイでさえよく理解できない、よそよそしいところがあった。礼儀正しくて優しいけれど、どこか謎めいている。スタッフとも親しくして、気さくに話しかけるし、時事問題や患者のことで雑談もするのに、自分のことだけは話さない。確かにセクシーで……女好きではあるけれど！

　かつては看護師長、今は看護副部長となったメイは立場上、しばしば自宅にいる専門医を呼び出さねばならない。すると、彼の電話に女性が出ることが何度かあったし、いくぶん息を切らしたジェイムズが電話に出て、後ろのほうから甘い声が聞こえることもあった。ただ、ジェイムズはいつもすぐに出勤してくるので、お楽しみの最中に引っぱり出されたとは誰も気づかない。メイの友人のポーリーンはジェイムズの家で家政婦をしているけれど、メイと同様、口が固いのが信条で、病院の外での彼のプレイボーイぶりを知ろうとしてメイが探りを入れても、ポーリーンは黙り込むばかりだった。メイはふとあることを思い出し、頬を赤らめた。医療班として事故現場へ出動するため、ジェイムズと一緒に搬送車を待っているときだった。彼のシャツに血がついていたので、急いでロビーで着替えることになった。

スタッフルームに座るメイが頬をあおぐのを見て、みんなは熱気で顔がほてったのだと思っただろう。でも、爪痕がくっきり残る広い背中と、キスマークだらけの胸を、メイは今でもはっきりと覚えている。なんてこと！

〝大丈夫か、メイ？〟ジェイムズはメイの働きを高く評価していて、いつも彼女を気にかけている。

〝少し暑いだけよ〟メイはほほ笑んだ。

〝適温てものを知らないからな〟ジェイムズはどんよりした灰色の空と溶け残る窓の雪を見やった。外は暗くなりかけていたが、新たに降り始めた雪を街灯が照らしていた。〝外の寒さに、暖房の温度を上げたんだろう。まるでサウナのようだから〟

ジェイムズはさっきからの不安感がぶり返し、たくましい腿が揺れ始めた。リラックスしようとしても、どうしてもリラックスできない。

「当院での受け入れは可能……？」スタッフルームのインターコムが音をたてた。

「今は受け入れ回避中よ」メイは即座にさえぎった。スタッフには休憩が必要だ。事故の結果、ノース・ロンドン地域病院は数時間、新たな入院患者や救急車をそのまま他の病院に振り向けることになった。苦渋の決断だが、安全な作業レベルを維持するためにはしかたがない。いずれにしろ、今はぎりぎりの状態だ。若手の医師が二人、六カ月のローテーションの途中で辞め、その欠員が埋まっていない。アビーは有能だが新人だし、臨床研修医の一人は病気休暇を延長中だ。誰もが限界を超えていて、今日はそれをさらに上まわった。受け入れはまもなく再開される。メイはジェイムズや看護部長と協議し、三十分後に休憩終了と決めたが、今はまだみんな食事や飲み物がとれておらず、病棟へ運ぶ患者もいる。

だが、インターコムの声は続いた。

「ちょうど今、事故現場から少し離れた場所で発見された患者が一名。車に閉じ込められた状態で……二十代女性、低体温、心停止……」

ジェイムズはすでにサンドイッチを手に立ちあがり、ドアに向かいかけていた。患者が置き去りにされて過酷な状況にあることに愕然《がくぜん》としていた。

「受け入れ可能」彼とメイが同時に言った。

ジェイムズとメイが急行すると、遅番のスタッフがすでに患者の受け入れ準備を始めていて、加温装置が広げられていた。温風でふくらませ、患者にかける大きなキルトのようなもので、点滴チューブが中を通るようになっている。麻酔医も呼び出され、忙しいはずの集中治療病棟《ICU》から駆けつけていた。

「他に何か情報は？」

「多くないわ！」いつもはかわいいラヴィニアの声が、インターコムから割れて響いて、すぐに情報が伝えられた。「車は事故現場から二、三百メートルの野原で発見された。フロントガラスが壊れていて、患者はしばらく外気にさらされていた。体を毛布で覆っていたので、事故直後には意識があったと思われる。車から救出したとき心停止状態になった」

「患者の名前はわかったのか？」

「まだよ。気管挿管された状態でこちらへ向かっているわ。九分で到着の予定よ」

「さあ」ジェイムズはメイに言った。「救急車を出迎えに行こう」

二人は救急車専用駐車場に立っていた。ジェイムズは手術着しか着ていない。天候について愚痴るのは不適切だが、それでも、凍えるほど寒かった。

ジェイムズは腕時計を見た。「この寒さの中で四時間か」氷点下の外気に四時間さらされていただけでなく、事故でけがもしているはずだ。低体温の患者はしばしば動かしたときに心停止を起こす。好ましい状況ではないが、心停止になったばかりなら、まだ希望は持てる。「長くなりそうだ」

徐々に患者の体温を上げなければならない。体温が正常になるまで、蘇生《そせい》法は継続する。低体温時の脳は酸素をほとんど必要としないので、四時間も閉じ込められ、心不全を起こしていても完治する可能性はある。患者の年齢的な面でも有利だ。

「かわいそうに。こんなにひどい天候の中で何時間も」メイはカーディガンの下で身震いをした。昔みたいに看護服にケープがついていればいいのに。

「これで終わりと思ってたわけじゃない」ジェイムズは言った。「車がたくさん巻き込まれて、カオス状態だった。今回のことは検証が必要だな」

「そうね」メイはため息をついた。「だけど、四時にはもう暗くなっていたし、雪やら何やらで……」メイの声が途切れた。救急車専用駐車場に強引に車を止めた男がいて、警備員と口論になっている。二分もすれば妻が来るから、車は動かさないと言っている。ジェイムズはうんざりした。患者の治療を邪魔する者は許せない。彼はつかつかと歩み寄り、あまり礼儀正しくない口調で、車を止めていい場所について男に伝えた。身をすくめて見ていたメイは、戻ってくるジェイムズを笑顔で出迎えた。

「ここが一般の駐車場だと思っているようだ」

「もう思ってないわよ」メイは男が怒ったように車をバックさせて出ていくのを見送ったが、その笑みはすぐに消えた。「それどころじゃないわ」

夜のニュースで事故を報じるために少し離れた場所で待機していたテレビクルーが、〝忘れられた患者〟がいると噂《うわさ》を聞きつけた。ジェイムズが、搬送されてくる患者を詮索の目から守るために目隠しを持ってくるよう警備員に伝えていると、カメラを手にしたテレビクルーが殺到し、マイクに向かって興奮ぎみに話し始めた。ジェイムズは瀕死《ひんし》の母親が病院に運び込まれる様子を、子供がテレビで見るようなことにだけはしたくなかった。彼は抑えた怒りに体をこわばらせながら、記者たちを追い払い、急いで目隠しを設置する警備員を手伝った。

「救急車はいったいどうしたんだ？」ジェイムズが詰問口調で言い、メイは腕時計に目をやった。

「まだ二、三分あるわよ。ねえ、大丈夫、ジェイムズ？」メイは思わずきいた。今日の彼はきつく巻かれたばねみたいにどこか緊張している。ぶっきらぼうなのはよくあることだが、明らかにいつもと違う。

ジェイムズはいつものそっけない〝大丈夫だ〟で応じようとしたが、メイのことは救急科の誰より尊敬しているし、お互いに気心が知れている。ジェイムズは正直に答えた。

「自分でもよくわからないんだ、メイ」そのとき、救急車のサイレンが聞こえた。まだ一、二分の距離にいるようだ。彼は見慣れた思慮深い顔を振り返った。「本当にわからないんだ」はぐらかしているように聞こえたとしても、それが彼の本心だった。

「体調がよくないの？」

「そういうのではなくて……」ジェイムズは冷え込む夕方の空気の中に長々と白い息を吐き、今の気分を表す言葉を探した。いらだち？　不安？　どちらもしっくりこない。ただ落ち着かないとしか言いようがないが、メイにそう伝えるつもりはなかった。

「今の救急科が大変な状況なのはわかってるわ。まいっているスタッフも多いし。でも……」

「そういうことでもない。見逃してしまったことが悔しいんだ。終わったわけではないとわかっていたのに……」彼の声はサイレンとカメラの音にかき消された。救急車が停止しないうちに警備員が後部ドアを開けた。運転手はカメラの放列を見て、患者の顔に毛布をかけた。患者は気管に挿管され、救急隊員が胸を押している。ストレッチャーの固定ベルトが外されると、ジェイムズは心臓マッサージを引き継ぎ、メイは蘇生バッグで人工呼吸を始めた。ストレッチャーが救急車から降ろされ、熟練した巧みな動きで蘇生室へと運ばれていく。

だが途中で、ジェイムズの歩調が鈍った。集団が一瞬だけ止まり、彼はすぐに追いついた。

彼女の足はいつもかわいかった。

　地味な服とまじめで化粧気のない顔とは対照的に、ローナはいつもかわいいピンクのペディキュアをしていた。この患者とそっくりに。右足の甲にほくろがあるのもそっくりだ。心臓マッサージをする手に胸の感触が伝わってくる。ほんの一瞬だけストレッチャーを止め、患者の顔から毛布をずらし、彼女ではないことを確かめたかった。だがそれが彼女だと、ジェイムズは恐怖とともに思い知った。

　暗いとび色の巻き毛が毛布からはみ出していた。蘇生室に運び込み、患者を固い蘇生ベッドの上に移そうとしたとき、毛布がずり落ちた。そのとき、ジェイムズはついにはっきりと思い知った。だが、それがローナだと十五秒前からわかっていた。

　彼女は変わっただろうかとずっと思っていた。二年前、会議でグラスゴーへ行ったとき、とび色の髪に大きな琥珀《こはく》色の瞳の女性を探して、店やバーを巡った。どうせむだだ。ジェイムズは自分に言い聞かせた。ローナはとっくに髪を染めているかもしれない。昔から髪が赤いのをいやがっていた。それに、今は太っている可能性もある。へたをすると、双子を乗せたベビーカーを押す彼女に出くわすかもしれない。あの日、ジェイムズは自分に言い聞かせたのだ。ばかばかしい。向こうから彼女がやってきたとしても、ぼくにはきっと誰だかわからないだろう。

　自分をだましていることはわかっていた。そして今日、それをはっきりと思い知った。

　十年たっても、ぼくは即座にローナを見分けられた。それも、かわいい足だけで。

2

「発見時、呼びかけに反応なし。脈はあり。車から救出時に心停止」救急隊員が報告した。

「身元はわかったの？」

ジェイムズが尋ねないので、質問したのはメイだった。彼はラヴィニアが交替すると申し出ても、まだ心臓マッサージを続けていた。

「車に運転免許証がありました。ローナ・マクレラン、三十二歳、スコットランド出身。どうやら医師のようです」

「なぜすぐに見つけられなかったんだ？」患者が到着して以来、ジェイムズが初めて言葉を発した。だが、それは無用な質問だった。患者はすでに発見され、今は重態なのだから、現状に対応するしかない。無意味なことにこだわるジェイムズに、メイは顔をしかめた。「見つけられたはずじゃないか？」

「それはわかりません」救急隊員は答えた。「我々は二十五分前に出動要請を受けたばかりで、現場は大混乱でしたから」

　救急科の専門医の代わりに、その場を取り仕切ったのは麻酔医のカーンだった。彼は患者の目にペンライトを当て、しかめ面でジェイムズを見あげながら、気道のチェックをし、薬剤を要求した。ジェイムズに何があったのか、メイにもさっぱりわからなかったが、いずれ確かめようと思っていた。ジェイムズはそこに立ち、心臓マッサージを続けている。顔面蒼白《そうはく》で、患者の容態を評価するでも、積極的に治療をするでもなく、ただそこに立っていた。スタッフが行きづまったとき、こういうことがときどきあるのは、メイもよくわかっていた。でも、今起こっていることは、救急科勤務で直面する危機のひとつかもしれない。ジェイムズの額に浮かぶ汗を見て、メイは思った。彼はこの患者を知っている！

「アビー」メイはインターコムを押し、休憩中の臨床研修医を呼び出した。「蘇《そ》生《せい》室に来て。ラヴィニア、マッサージを交替してあげて」

　メイがアビーに、ジェイムズは気分が優れないというようなことを伝えるのを、彼はただ突っ立ったまま、ぼんやり聞いていた。実際は、ラヴィニアの心臓マッサージに合わせて鳴る心電図モニターの音しか耳に入っていなかった。

　ローナのブラウスははだけ、ブラも切断されて、わきに押しやられていた。ブーツか靴は脱がされ、そこに点滴がつながれていた。濡《ぬ》れた服や破れたストッキング、下着を、ハサミが切り裂いていく。手術痕が見え、ジェイムズは泣きたくなった。それでもそこに立って、彼女の青白い両膝が持ちあげられ、カテーテルが挿入されるのを見つめていた。こんなふうにされることを彼女がどんなにいやがるかわかっていた。放っておいてやってくれと言いたかった。彼女を抱きあげて逃げ出したかった。だが、それと同じくらい治療を続けてほしいとも願っていた。

「当直室へ行って」メイは彼に言った。「ジェイムズ、当直室へ行きなさい。あなた、今にも気絶しそうな顔をしているわ」

「ぼくはここにいる……」

　これほど自分が役立たずに思えたことはなかった。救急科の専門医として、緊急の事態には慣れているはずが、こんな形で彼女と再会して、茫然《ぼうぜん》自失の状態になった。ローナはすっかり血の気が失《う》せている。もともと色白だったが、今は横たわっているシーツと同じくらい白い。唇さえ白くなっている。唯一の色は長く豊かな赤毛だけだ。意外にも髪は染めていなかった。それどころか、ローナはまったく変わっていない。ほっそりした華奢《きゃしゃ》な体は、ジェイムズの記憶のままだ。彼の知るローナはとてもシャイだった。だからきっと、今の状態をとてもいやがるだろう。全身を診る必要があるため、加温装置もわきへ押しやられていた。到着したアビーが引き継ぎ、腹《ふく》腔《くう》洗浄の指示を出した。腹腔内に温めた生理食塩水が注入されることになった。麻酔医が食道加温チューブを要請したが、アビーがモニターをチェックすると、細かい心室細動が起きていて、除細動が必要だとわかった。華奢な体に一度目の電気ショックが与えられ、ローナの胸が持ちあがった瞬間、ジェイムズは吐きそうになった。

ローナをこんな目に遭わせるなんて！

退出命令を繰り返すのでは足りず、メイは自ら彼を連れ出した。患者にはもう何人ものベテランスタッフがついている。メイは夢遊病者のようなジェイムズの腕をつかんで、彼のオフィスへ連れていき、デスクの前に座らせた。彼は両手で頭を抱えた。

「彼女のそばにいてくれ」ジェイムズは言った。ローナから離れるのはいやだったが、こうするのが一番いいとわかっていた。彼女の治療を客観的な目で見る自信がない。ローナがかかわることで客観的になれたことなど一度もないのだから、今さらできるはずがない。だが、彼女が独りでいることを、一番必要とされるときにそばにいてやれないことを思い、ジェイムズは立ち去りかけたメイを引き止めた。

「メイ、もし治療が終わったら……」

「呼びに来るわ」

「終わる前に知らせに来てくれ」

「いいわ」

「ジェイムズはどうかしたの？」メイが蘇生室に戻ると、アビーが眉を寄せてきいた。

「午前三時からずっと休みなしだったから」メイは肩をすくめた。火に油を注ぐようなことは絶対にできない！「救急車を待っているときから具合が悪いと言っていたのよ」

一時間後、メイは夫に電話をかけて、本当に遅くなるから、夕食は先に食べてねと伝えた。

二時間後、電話をするチャンスがあり、メイは夫に、帰宅はかなり遅くなりそうだと知らせた。

迅速な加温は功を奏したが、今はまだ自発的な心拍はなく、体外ペースメーカーが必要な状態だった。速やかにＣＴが撮られ、それにより亀裂骨折と脳浮腫が見つかった。ここまでの間に、警察が彼女の親族を突き止め、深刻な状況を知らせた。

「どう思う、アビー？」ニュースでの呼び名が定着し始めた〝忘れられた患者〟のいる集中治療病棟《ICU》から戻りながら、メイはアビーにきいた。ＩＣＵでは、生きようとする彼女のために、多くの医師や看護師が全力を尽くしている。だが、専門医の話や、メイが自ら目にした現状からすると、見込みは薄かった。

「手は尽くしたわ。現場で心停止したことが大きいけど、さらに悪い徴候ばかりなのよ」アビーはそのかわいい顔を曇らせた。「かわいそうに。わたしと同い年なのよ。ご両親が間に合えばいいけど」

「よくなってほしいわ」メイは言った。「せっかく一命を取り留めたのだもの」

「だとしても」アビーは冷水機の前に立ち、小さな紙コップを水で満たした。「何時間もかかっているし、事故ですでに頭部を損傷していた。してあげられることはあまりなかったわ。それでも……」コップを握りつぶして、ごみ箱に放った。「家族がさよならを言うチャンスぐらいはできたかもしれない」

メイがジェイムズに知らせるべきときだった。

スタッフはみなジェイムズが早退したと思っていたので、彼は誰に邪魔されることなく、メイが出ていったときのままデスクに座って頭を抱えていた。スタンドの明かりはついていなかったが、顔を上げたときの彼の苦悩の表情は、メイが一生忘れられないものとなった。

「彼女はついさっきＩＣＵに移されたわ」メイは椅子を引っぱってきて彼のわきに座った。「肋骨《ろっこつ》が数本折れて、頭部に小さな亀裂骨折があるけど……」

現状はジェイムズも知っていたが、それでも彼は聞きたかった。「体温が上がったときに体が少し動いたわ。でも、カーンは痙攣《けいれん》を警戒して、今は四十八時間の麻酔と気管挿管をしている。ＣＴの結果、脳浮腫が見つかっているけれど、実際は……」

「しばらくは様子見だな」ジェイムズが言った。

「ええ、まだわからない。でも、ジェイムズ……」メイは彼の手を握った。彼のことが心配だった。それでも、むだな期待は抱かせたくなかった。「現状は分刻みよ。彼女の状態はとても不安定なの。カーンもアビーも楽観はしていない。ご両親が早く到着してくれることを願うばかりよ。車内にあった書類によると、彼女は就職の面接のためにロンドンにいたみたい。さっき警察が彼女の近親者に連絡したわ。今ご両親が向かっているところのようよ」

「すばらしい！」そんな苦々しい口調がジェイムズから発せられるのを、メイは初めて耳にした。

「お気の毒に、ジェイムズ」こんな彼を見るのがつらくて、メイは彼の腕を軽くたたいてからなでた。「あなたは彼女と知り合いなのね」

「もう十年も会っていなくて……胸騒ぎがしたんだ。もちろん、彼女のことだとは思わなかったが、事故現場から戻って以来……」あのとき、論理的で理性的なジェイムズの思考は途切れた。「何かおかしいと思っていた。理屈では説明できないんだが」

「わかるわ」メイは言った。「そういうことって、よくあるでしょう。母親がふと目覚めて赤ん坊の様子を見たから命が助かったとか、娘が何の気なしに父親を訪ねたら床に倒れていたとか……」

「ただ、なんとなく胸騒ぎがしただけなんだ」

「で、それが正しかったのね」メイはもう黙っていられなくなった。あの青ざめた赤毛の美人が誰なのかどうしても知りたかった。「彼女は同僚だったの？」メイは眉を寄せた。救急科にいたことのある医師はだいたいわかるし、あの見事な赤毛なら目立つはずなのに、ローナにはまったく見覚えがない。

「医学部にいるとき知り合ったんだ」

「そうだった。あなたはスコットランドの大学へ行ったのよね。彼女は同級生？」

彼は首を横に振った。「いや、ぼくの二つ下だ」

座ってはいても、ジェイムズは今にも気絶しそうだった。ローナは彼にとってただの下級生ではないと、メイは悟った。救急科勤めの欠点のひとつは、思いがけず友人や親族が運び込まれることだ。ジェイムズの父親が心臓発作を起こしたとき、メイは勤務中だったが、その日の彼は冷静だった。今のジェイムズは落ち着きを失っている。

「つき合っていた人なの？」メイは優しくきいた。

「つき合っていたどころじゃない」ジェイムズの声は急に切迫したものになった。「彼女に会いに行きたいんだ。両親が到着する前に」

「わかった。ＩＣＵまで一緒に行くわ」心に引っかかっている問いかけを、メイはこれ以上抑え込んでおけなかった。食堂を通り過ぎ、左に曲がって、エレベーターに向かったそのとき、メイはついに切り出した。好奇心からだけではない。危篤状態の患者の友人や親族に対していつもするように、ジェイムズの力になりたかった。そのために知りたかった。

「彼女は誰なの、ジェイムズ？」

ジェイムズが答えたのは、乗り込んだエレベーターがＩＣＵのある階上へ向かい始めてからだった。

「彼女はぼくの別れた妻なんだ」

3

メイには予想もしない答えだった。誰にも過去があるとわかってはいる。けれどジェイムズとは、研修医二年目の彼が救急科のローテーションでやってきたときから一緒に働いているし、彼がインターンを終えたばかりのころから知っている。それでも、彼が結婚しているとかしていたとかいう話は、一度も聞いたことがなかった。

集中治療《ICU》病棟へと歩く距離がかつてないほど長く感じられた。オフィスにこもっていたこの数時間で、ローナの死に対する覚悟はほぼできた。蘇生《そせい》室の状況は考えないようにして、ジェイムズはただ彼女のことだけを考えた。おかしな話だが、ローナがロンドンにいてくれてよかったと思う。もしさっきメイがドアを開け、蘇生の中止を告げていたとしても、今ならすぐにローナのそばへ行くことができる。

でも、ローナは耐え抜いたのだから、ぼくもこの状況を耐え抜かねばならない。

医師としてではなく、インターコムを押して入室の許可を取るのは不思議な気分だった。メイが看護スタッフと話をする間に、ジェイムズは両手を洗い、わきの小部屋に腰を下ろした。

「今ちょうど彼女を移動させてるところですって」

戻ってきたメイは老いた雌鶏《めんどり》のように舌を鳴らすと、家族の控え室の小さな流し台でカップに水を注ぎ入れ、彼に渡した。「入室前に、ここで携帯電話の電源を切って」

ジェイムズは携帯電話を取り出した。着信が八件入っていたが、彼は電話が鳴ったことすら気づいていなかった。エリーだ。壁の時計を見ると、約束した時刻を何時間も過ぎていた。ジェイムズは携帯電話の電源を切り、わきのテーブルにある電話を使った。呼び出し音が鳴り、相手が誰だかわかったのか、エリーのいらだたしげな声が聞こえてきた。

「やあ、エリー」ジェイムズはさりげない口調を装った。「今夜は行けそうにないんだ」当てつけがましいため息を聞きながら、メイを見あげたが、メイは聞いていないふりをしていた。「いや、仕事じゃなくて……」片手で髪をかきあげ、息を吸ってから続けた。「ローナのことは前に話しただろう……」その言葉は沈黙で迎えられた。「彼女が事故に遭ってね。それで、この病院のＩＣＵにいる。今は彼女につき添う者が他にいないんだ」

ジェイムズはメイのほうをちらりと見た。〝手を洗ってください〟という掲示をメイが読み返すのは、もう二十回目くらいになるだろう。

「いや」ジェイムズは言った。「いいんだ。この件は自分でなんとかするから。明日また電話をする」

メイはそこで腰を下ろした。

「エリーだった」ジェイムズは言った。

「ガールフレンド？」メイはきいた。普段ならそんなことはきかないが、今夜は友人兼同僚としてここに来ているし、彼のことは患者の身内として扱っている。できる限り彼の力になるためにも知りたかった。「彼女はローナのことを知っているのね」

「二カ月前、エリーにローナのことを話した。少しばかり真剣なつき合いになってきたから、それが当然かと思って……」彼の声がしだいに小さくなった。

「ローナとは結婚していたのね」メイは確かめた。

「どのくらいの間？」

「一年も続かなかった」ここで話をやめることもできた。期間も短いうえに、十年も前のことだ。過去のものとして葬り去るべきだった。だが、ジェイムズにはできなかった。何度も努力したが、人生のその一章にピリオドを打って前に進むなど、どうしても無理だった。まるでジェットコースターで駆け抜けたようなあの一年。ローナと過ごしたあのころに、今また引き戻された気分だった。患者が詳しい個人情報をあっさり打ち明けるのにはときどき驚かされるが、医師や看護師は、懸命に守ろうとしているその人の命を理解し、温かい血の通った生身の人間としてとらえるべきだと、ジェイムズは思っていた。そして、その考えは正しかった。なぜなら今ここでそうしているからだ。彼はあの弱々しく生気のない患者と、自分の知っている人物、いや、知っていた人物とを懸命に一致させようとしていた。

「彼女はぼくの二学年下だった」彼は説明した。「ちょっと変わった女の子で、すごく几帳面《きちょうめん》で感受性が強い。というか、大学にいたときはそうだった。社交的ではないが、いつも目立っていた」

「あの赤毛のせいで？」メイはほほ笑んだが、ジェイムズは首を横に振った。

「スコットランドは赤毛が多いんだ。自分でもよくわからないけど、ぼくはいつも彼女に目を奪われた。一人だけ目立って見えた。ちょっと彼女に惹《ひ》かれていたんだと思う。そんなある晩、パーティがあって、彼女もそこに出席していて……」ジェイムズは思い出し笑いをした。顔は蒼白《そうはく》だったが、それでも彼はほほ笑んでいた。「ぼくは彼女に打ちのめされた。二人の話は尽きなかった。お互いなんとなく知ってはいたが、まるで初めて出会ったかのようだった。あの晩、ぼくたちはベッドをともにした。彼女は初体験だった……」いまだに信じられないとばかりに首を横に振った。「でも、彼女がぼく以外の誰かと寝るなんて想像もできなかった。ぼくは彼女に夢中になった。それからの二週間、ぼくたちはベッドで過ごした。それだけじゃなく、話をしたり、勉強をしたり。人生最高の二週間だったと言ってもいい。突拍子もないことだが、あのときはそれがごく当然のように思えた」

「それから？」

ジェイムズはすぐには答えず、壁のかけ時計を見あげた。あれは止まっているのではないか。もう何時間もここに座っている気がする。彼は今、過ぎ去った昔をまざまざと思い出していた。

「とにかく確かめてみよう！」普段から冷静で理性的なジェイムズだが、ここはなおさらそうならねばならなかった。ローナがひどく混乱しているからだ。彼は買ってきた妊娠検査薬の入った小さな紙袋を彼女に手渡し、バスルームまでついていった。だが、ローナはドアの前で尻込みした。

「あなたにはわからないのよ……」

「ローナ！」ジェイムズはいらだち始めていた。この二日間、彼女は生理が遅れているとうろたえていた。注意していたのだから気に病むことはないと、彼は何度も言った。「心配なら、なんでもないとまず確かめてみるべきだよ」

冷静な口調で言ったものの、ジェイムズはそわそわしながら宿舎のバスルームの前に座っていた。インターン期間が始まったばかりのころだった。学生寮を出て、ようやく多少は稼げるようになったときにこんなことが！　注意はしていたが……ベッドを出ることがほとんどなかったから……。ジェイムズは目を閉じ、息を吐き出した。もっと気をつけるべきだったが、考えるのはもういい。ただ、今後は気をつけないと。おかしな話だが、ローナは両親に気づかれるのを恐れて、ピルを続けたがらなかった。だからといって、こんなことを毎月繰り返すわけにはいかない。なんとか解決法を見つけなければ。

だが、その必要はなくなったようだ。

バスルームからすすり泣きが聞こえて、ジェイムズは中へ入る前に、今さらどうしようもないのだと悟った。彼はローナを抱きしめ、安心させようとした。大丈夫、なんとかなるさ、二人で乗り切ろうと。だが、ローナには何の慰めにもならなかった。

ジェイムズは彼女を夜ふけまで抱きしめていた。そして、ようやくわかった。ローナが心配しているのは、自分のキャリアでも将来でもなかった。赤ん坊が生活に与える影響や、妊娠が二人にもたらす関係の変化でもない。彼女がおびえているのはただひとつ、父親がどんな反応をするかなのだ。

「それでどうなったの、ジェイムズ？」メイの声に、ジェイムズは我に返った。

「彼女が妊娠していることがわかった」

「失礼！」アンジェラと名乗る元気のいいＩＣＵの看護師が入ってきて、二人の会話をさえぎった。ジェイムズには、明るい態度ながらも彼女が緊張しているとわかった。スタッフが関係者だと、対応は難しい。患者が重篤な場合は特に。「お待たせして申し訳ないけど、病状が安定するにはまだいろいろ問題があるわ。ところで、いくつか確認したいんだけど、あなたはローナの元夫なの？」

「そうだ」

「まず、何か知っておくべき既往歴はある？」

ジェイムズは一瞬ためらった。関連性があるかどうかはわからないし、当時のことはあまり人に話したくない。だが、ローナのためになるなら、伝えるべきだろう。

「それはないと思う。確か、彼女は十二歳のときに虫垂切除を受けている。それから、一度子宮外妊娠をしているが、それは何年も前のことだ」

「どのくらい？」アンジェラはメモを取った。

「十年前、いや、十一年近く前だ」

「他には？　糖尿病とか、てんかんとか……」

彼は首を横に振った。「ぼくの知る限りはない」

「ローナと連絡は取り合っていたの？」

「いや」

「最後に彼女と話してからどのぐらいたつの？」

ジェイムズはぐっと唾をのみ込んだ。「十年だ」

「わかったわ」ジェイムズは難しい立場のアンジェラを気の毒に思った。実際、彼にはローナに会う権利はない。通りを歩いていた者が入ってきて、彼女を知っていると主張するより悪いくらいだ。離婚とはそういうものだと、ジェイムズはずっと前に悟っていた。「彼女の家族がこっちに向かってるわ」アンジェラが言った。「もうすぐ着くはずよ。知らせを受けてすぐ飛行機に乗ったから。ローナが自分で話せないうちは、近親者に意思決定を委ねなければならないの。今回の場合、それは彼女のご両親よ」

「二人はぼくに会いたくないだろうな」ジェイムズはアンジェラをまっすぐに見つめた。「いがみ合っての離婚ではなかった」こういうことを他人に話すのは耐えがたかった。「だが、うまくはいっていなかった。でも、お互いのことは大事に思っていた。別れた妻にすれば、元夫というのは一番会いたくない相手かもしれないが」彼は口ごもった。これまでのことを考えると、まさにそのとおりだからだ。

「担当する科に心肺停止で運び込まれたのが元妻だったんだ。ぼくは個人として彼女に面会したい」

「わかるわ」アンジェラは言ったが、きっと理解はしていないだろうと、ジェイムズは思った。だが、彼女が優しいまなざしでほほ笑み、続けた言葉で、ジェイムズは自分の間違いに気づいた。「わたしも離婚しているけど、もしあの人が重い病気になったら、きっと会いたいと思うわ。だけど、家族が到着したら、決めるのは家族よ」

「わかってる」ジェイムズはうなずいて、感謝の気持ちを示した。「邪魔するつもりはないよ」

「わたしも一緒に行きましょうか？」メイは言ったが、ジェイムズは首を横に振った。「じゃあ、ここで待ってるわ」

もう一度ローナに会いたいとずっと思っていた。会って話をして、すべての出来事を振り返り、なぜそうなったのか知りたかった。そして、彼女に謝りたかった。今夜、その願いが一部でもかなうことに、ジェイムズはつらいながらも感謝していた。

顔色が少し戻っていた。ローナに近づいて、ジェイムズはまずそれに気づいた。チューブだらけでなければ、ただ眠っているように見えたかもしれない。

加温装置が作動していた。ふくらんだ大きなキルトで、患者の体温を保つためのものだ。キルトの下で、ローナは小さく見えた。外に出ているのは頭と肩だけだった。

ローナと過ごすこの時間が欲しかった。そのためなら職権乱用でも強行突破でもするつもりでいた。だが、いざこうなると、何をしたらいいかわからない。ローナがどうしてほしいかがわからないのだ。

ベッドわきに椅子がひとつ置かれていたので、ジェイムズはそれに座った。補助スタッフの看護師からローナの担当を引き継いだアンジェラは、高いスツールに腰かけ、機器の数値を読んだり、カルテに記入したりし始めた。集中治療なので二十四時間見守るのは当然だが、ジェイムズはほんの二、三分でいいから、何とかローナと二人きりになりたかった。

「彼女はとてもシャイな人なんだ」ジェイムズはアンジェラをちらりと見た。「だからこういうのはすごくいやがると思う。誰もがいやだろうけど……」

何をどう言ったらいいかわからなかった。ローナの鎖骨があらわになっていたので、キルトを首もとまで引きあげた。昔からスリムだったが、今はひどくやせている。反射神経をチェックするために、アンジェラがローナの両腕を出すと、血管が浮き出て見えた。きちんと短く切りそろえられた両手の爪は、足とは違って、磨かれてもいない。

「さあ」アンジェラがキルトの下から、やせ細った前腕を出した。「手を握って、あなたがここにいることを伝えてあげたら？　聞き慣れた声を聞いたら、安心するかもしれない」ローナの手を握るのは十年ぶりで、そうするべきかどうか、ジェイムズにはわからなかった。触れた彼女の手は冷たかったが、それは昔からだった。骨張った指、青く浮き出た血管。手の甲に散らばるそばかすがジェイムズは大好きだったが、ローナはひどくいやがっていた。

「昔から体が冷たかった」ジェイムズはローナを見つめたまま、アンジェラに話しかけた。「夜勤から帰ってきたときなど氷のようだった」思い出すまいと決めていたことだった。凍える冬の朝、ベッドに潜り込んでくるローナの体は冷え切っていた。逆に、朝七時にジェイムズが冷えた体をベッドに潜り込ませ、彼女のぬくもりを感じることもあった。今すぐローナを温めたい。ベッドに潜り込んで彼女を抱きしめ、もう一度彼女を感じたい。でも、それはできない。もう十年も前から許されないことだった。

どうすればいいんだ？　ジェイムズは頭がくらくらした。ローナはぼくを捨てた。こうやって、そばにいることすら望まないのではないか？

違う。

思いがけない事故が起きたのだ。ジェイムズ・モレルはそれを誰よりも知っている。ローナがこんな重篤な状態でここにいるなんて……。彼女が死ぬかもしれない、脳に損傷を負うかもしれないと考えると、ジェイムズは頭がきつく締めつけられるようだった。だが、彼女がこっちに来たのには理由があるに違いない。ぼくに会いに来たのか。たとえ、それがさよならを言うためでも。

ジェイムズは握ったローナの手に顔を寄せた。それはダムが決壊する瞬間だった。彼はかがみ込み、ローナの肌に唇を当てた。髪に顔をうずめ、彼女が昔から愛用しているシャンプーのラベンダーの香りを胸いっぱいに吸い込んでから、頬と頬を重ねた。

一瞬、隣室で誰かが亡くなったのかと思った。低い慟哭《どうこく》の声が聞こえたからだ。肩に手が置かれて初めて、ジェイムズはそれが自分の声だと気づいた。

「話しかけなさい、ジェイムズ」アンジェラはいなくなったのか、彼の肩に手を置いたのはメイだった。この機会に言わなければならないことがある。ジェイムズはメイに促され、言いたかったことをすべて、一度も言ったことのないことをすべてローナに告げた。聞こえているかもしれないと、かすかな望みを抱いて、何度も何度も繰り返した。

「ご家族が到着したわ」メイは彼に退出を促した。長い時間がたっていた。それでもあまりに短すぎた。

「ご両親は、あなたに出ていってほしいそうよ」

救急科で長年働いてきて、ずっと理解できなかったのが、病院にはまるでそぐわない一触即発の状況や、スタッフを激高させ、それを避けるために調査委員会が開かれるような騒動だった。だが近づいてくる、あのマクレラン牧師のしたり顔を目にし、浮かべた笑みを見た瞬間、ジェイムズは突然理解した。

「ジェイムズ」マクレラン牧師は片手を差し出した。

「我々が到着するまでローナにつき添っていてくれてありがとう。心から感謝する」

会釈をして、牧師と握手をし、暗黙の退場の指示に従って出ていくべきなのはわかっている。だが、ジェイムズにはそれができなかった。

「ぼくは当然のこととしてつき添いました」

「ジェイムズ！」ほほ笑むと同時に毒を吐くことにかけては、マクレラン牧師は名人級だった。「多忙中、よけいな時間を取らせてすまなかったが――」

「どういう意味です、よけいな時間を取らせたとは？　彼女はぼくの妻だったんですよ」

「確かにかつては妻だった」マクレラン牧師はきっちりと指摘した。「娘はきみと別れたんだ」顔から笑みが消え、偽りの哀れみがにじんでいた。「ローナときみが離婚したのは十年以上前だ。さっきも言ったとおり、我々が到着するまで、娘とかつて近しかった者がつき添っていると知って、ベティとわたしはとても安心した。だが、今はもうわたしたちがいる。だから、きみには出ていってほしい」

「ローナが望むかも――」

「娘が何を望むかはわかる、ジェイムズ」マクレラン牧師がさえぎった。「きみはもう何年もローナに会っていなかっただろう。娘は当時きみが手玉に取った女とはまるで違う。今のローナならきっと、きみにそばにいてほしいとは思わないはずだ。きみは過去にわたしたち家族を充分傷つけた。同じことを繰り返すつもりはない。もう勘弁してくれ」

　牧師は娘のベッドわきに向かった。ジェイムズはそこで立ちあがった。出ていかなければならないのはわかっていたが、どうしてもいやだった。

「さあ、ジェイムズ」夜中の十二時近かったが、メイが急《せ》かしたのはそのせいではない。牧師が醸し出す毒を含んだ空気からジェイムズを引き離したかったのだ。「彼女とは会ったし、話しかけもしたでしょう」彼はもうそこまでで満足するしかなかった。

「いろいろとありがとう」ジェイムズはアンジェラに言うと、最後にゆっくりと名残惜しげにローナを見た。「何か変化があったら連絡してくれないか？　ぼくは病院内にいるつもりだから」

「病状について情報を受け取るのは家族に限るよう、彼女のご家族から要請されているのよ」

　ろくでなしめ。ジェイムズは心の内で毒づいた。

「多くのマスコミの関心を集めているけれど、ご家族の意思表示はとても明確だったわ」

　そうだ、この家族はいつだって意思を明確に示してきた。今も見せつけるようにローナのそばで祈りを捧《ささ》げている。ローナはぼくにどうしてほしいのだろう？　まったくわからない。感情的になるのはいやだったが、ジェイムズは精いっぱい自己主張をした。「ぼくはマスコミ関係者じゃない。それに、ぼくは元夫として尋ねているわけじゃない。ぼくは救急科の専門医で、彼女はうちの科で受け入れた患者だ。我々が行った長時間の蘇生法が有効だったかどうか、報告を受けるのは当然の権利だ。いずれにしろ変化があったら、連絡してくれ」

「承知しました、ドクター・モレル」

「ミスター・モレルだ」ジェイムズは訂正した。それから、アンジェラに軽くほほ笑んでみせた。「きみの協力には重ねて礼を言う」

4

　ローナの経過は、絶えず集中治療病棟《ICU》からジェイムズに報告されていた。

　ちっとも会えないというエリーの抗議にもかかわらず、ジェイムズは当直室に泊まり込んだ。時間の大半は仕事に費やし、あとの時間は狭いシングルベッドの上で天井を見つめているか、うたた寝をして電話が鳴るたび、はっと飛び起きるかしていた。

　六十時間後、二度にわたる試みの失敗を経て、ローナの抜管が成功した。その二十四時間後の火曜の朝、彼女はＩＣＵから一般病棟へ移された。どれもがすばらしい好材料だったが、ローナの意識レベルは変動しがちで、よい状態でも時間や場所がわからなくなる見当識障害や混乱があり、悪い状態では自分の名前もわからなかった。

　メイは誰にも話していなかったが、病院内の世界は狭く、噂《うわさ》はすぐに広まった。魅力たっぷりだが謎めいたところのあるミスター・モレルの患者は元妻で、彼は明らかに精神的にかなりまいっていると。

　そんなことはなかった。確かに、ローナだとわかったときはショックを受けたし、彼女の生死が決するのを待つのは悪夢のような時間だった。十年ぶりに彼女を抱きしめたときもかなり動揺はした。だが、それを除けば、ジェイムズは元気にやっていた。

「心配ご無用」まわりから気遣いの言葉をかけられるたび、ジェイムズはそう言った。

「心配しなくていい」なぜ電話をくれないのか、なぜちゃんと話してくれないのかと、エリーがきいたときも、ジェイムズは言った。ただ忙しいだけだと。

「いや、本当に心配いらない」彼はアビーにも言った。それは、彼女がこう言ったからだ。大変なのはわかるわ。つらくなるときもきっとあるだろうから、そのときはわたしが話し相手になるわよ、と。

　事故の一週間後、勤務当番表を検討していたジェイムズは、医師不足によるスタッフの負担増について、メイとナースステーション内で話し合いを始めた。そこへ、マクレラン牧師がジェイムズと話したいとやってきた。ジェイムズはその求めに応じた。

　当然ながら、メイは席を外そうと立ちあがった。ジェイムズは彼女に、一分ですむから待っていてくれないかと言った。

「きみときみのチームには感謝している」牧師はジェイムズの手を握った。ジェイムズは蛇に触れている気分だった。「ローナも快方に向かっているようだし、ベティとわたしは今日スコットランドへ戻る。今週末、教会の大きな募金パーティがあるので、祈りを捧《ささ》げてくれた信徒たちにきちんと礼を言いたい。

もちろん……」説教にちょっとしたユーモアを加えようとしていつもするように、牧師は片側に首をかしげた。「神にも感謝を捧げたい」

ローナのために祈ったのが自分だけだと思っているのだろうか。あの晩、ジェイムズは膝を突いて祈った。あんなふうに祈ったのは生まれて初めてだったが、牧師の目にはものの数にも入らないのか。

「気をつけてお帰りください」ジェイムズは仕事を再開するためにペンを持ちあげた。この男に対して言うことは何もない。いや、正確にはそうではない。言ってやりたいことはいくらでもあるが、話をする気にならないのだ。

「あともうひとつ」マクレラン牧師が真顔になった瞬間、次にどんな話が続くかを察し、ジェイムズは歯を食いしばった。ローナが話すとてもかわいかったスコットランド訛《なま》りが、彼女の父親の口から出ると、ひどく耳障りだった。「わかってくれるとは思うが、ローナはひどく不快な思いをしている」

「それは」ジェイムズはわざと話をずらした。「まだ初期段階ですから。でも、痛みのコントロールに問題があるなら、ぼくのほうから言っておきます」

「そういうことではなく」牧師がいらだち、ジェイムズは笑いを噛《か》み殺した。「娘はきみと同じ病院にいると知って、気まずい思いをしているんだ」

「そうですか？」ジェイムズは両眉をつりあげたが、内心は喜んでいた。ぼくが勤務する病院に入院していると、ローナがわかっているのなら、この前病棟に問い合わせたときよりかなり回復したのだろう。二、三日前は自分の名前もわからなかったのだから。

「その件について、ローナの気持ちははっきりしている。娘はきみに会いに来てほしくないんだ」

「ぼくは彼女に会いに行っていません」

「そうだが、我々がスコットランドへ帰るにあたって、それが継続されることを確認したい」今後はもう娘のベッドの監視はしないわけだ。ジェイムズはそう言いたかったが黙っていた。「ローナが立ち直るには長い時間がかかった」マクレラン牧師は続けた。「長くかかったが、今は生活も軌道にのって、つき合っている相手もいる。彼は医師で、今はケニアで働いている。若くてなかなかの好青年だ」

「ローナにとってはいいことです！」

「ローナにとって喜ばしいのは、きみが近づかないことだ」牧師は立ちあがり、片手を差し出したが、ジェイムズはそれに応じなかった。うわべだけの礼儀はもう必要ない。ぼくにとって、マクレラン一家はすべて過去の存在なのだ。牧師は出ていきながら、もう一度言い放った。「いいか、ジェイムズ、きみがもしローナのためを思うなら、離れていたほうがいい。きみは娘に近づくべきではないんだ」

「ご心配なく」これで今日十五回目になる言葉を、ジェイムズは歩み去る牧師の背中に投げかけた。

「すてきな人だこと！」今回メイは、聞いていなかったふりすらしなかった。

「昔からだ」ジェイムズは肩をすくめようとしたが、緊張で硬くこわばりすぎていて動かなかった。「何も変わっていないのが笑える」

「彼女に会いに行くんでしょう？」メイは急《せ》きたてた。「ご両親もいなくなったんだから」

「いや」もう決心したことだし、マクレラン牧師にもきっちりと釘《くぎ》を刺された。「過去を蒸し返してもしかたがない」

「あら、とっくに蒸し返されてると思うけど。さあ、コーヒーを飲みましょう、ジェイムズ」誘いではなく命令だった。「あなたのオフィスで！」

「任せてくれ、メイ」ジェイムズは自分のオフィスに向かった。ここ数日、彼の私生活が病院じゅうのお楽しみになっていた。教授から用務員まで、誰もが同情の笑みを向けてきたり、彼が姿を現すと話をやめたりする。ジェイムズはそれがいやだった。このうえ病棟へ行って、ドラマを盛りあげるつもりはさらさらなかった。「ローナとぼくは何年も前に別れたんだ。マクレラン牧師が言ったことを聞いていただろう。彼女はぼくがここにいることが気まずいし、会いにも来てほしくないんだよ」

「彼女の父親の言葉によればね」メイは言った。「ジェイムズ、彼女が運び込まれたとき、あなたはひどくうろたえていたじゃない」

「それはショックだった」ジェイムズは肩をすくめた。「かつては妻だった人だから。ぼくだってそこまで冷淡な男じゃない」

「全然冷淡なんかじゃないわ！　だって、彼女が妊娠したから結婚したんでしょう」

ジェイムズはそっけなくうなずいた。

「だけど、彼女は流産してしまったのね」

「そうだ」ジェイムズの口調は軽かったが、片頬がひくついた。「妊娠がわかったとき、ローナは半狂乱になった。父親が激怒すると。ぼくは、いつか認めてくれる、わかってくれたらきっと応援してくれると言ったんだ」

「彼女、中絶は考えなかったの？」

「ああ」ジェイムズは首を振った。「まったく考えなかった。ぼくはどんなことをしても支えると、彼女に言った。それから、一緒に彼女の家族に話をしに行った。メイ、あの父親の反応はぼくが見たこともないようなものだった。彼は娘をののしり、ぼくをののしった。父親が心配していたのはローナ自身や彼女の将来のことじゃない。教会の信徒たちが何と言うか、世間がどう思うか、心配していたんだ。ぼくたちは二週間後に結婚したが、それだけでは足りなかった。妊娠のことを内密にしないといけなかったんだ。あの父親は、世間の人が指折り数えて月数を確かめるのをいやがった。ぼくたちはそんなことを逃れるためだけにロンドンへ引っ越したんだ」

「ああ、ジェイムズ」メイは嫌悪感のあまりかぶりを振った。「わかるわ……」

「いや、メイ、きみにはわからない」ジェイムズは怒ったように言った。「あの父親がどんな男か、きみにはわからない」

「本当にわかるのよ。ジェイムズ」メイは引かなかった。「わたしは婦人科病棟で十年間働いたわ。正直、働きたい職場じゃなかった。そこでの実習中に、二人の若くて美しい女性の納棺の準備をした。勇気がなくて妊娠を両親に告げられなかった二人よ。わたしはそういう若い女性のために、婦人科病棟でできる限りのことをする決心をしたの。だから、わからないなんて言わずに、ちゃんと話して」

ジェイムズはメイの言葉に納得し、ふと、十年前メイに話していればよかったと思った。病院に勤め始めたばかりのあのころ、混乱と悲しみに自分を見失い、誰もわかってくれないと思い込んでいた。理解してくれる女性がそばでずっと働いていたのに。

「検診で子宮外妊娠だとわかって、ローナはただちに手術を受けることになった。でも、手術室に入ったときはもう卵管が破裂していた。ぼくは彼女の父親に電話をした。すると、あの父親はただただほっとしていた。口にこそ出さなかったが、声でほっとしているのがわかった。子供が生まれたとき、信徒たちが指を折って逆算することがなくなったからだ。計算すれば、他の赤ん坊より期間が短いから。ローナに会いに来た父親と母親は同じことを言った」

「彼女は赤ちゃんを産みたかったでしょうね」

メイの言葉に、ジェイムズは首を振った。「ぼくたち二人ともが赤ん坊を心待ちにしていたんだ」

「かわいそうに」メイはうなずいた。

「妊娠がわかったときはショックだったが、二人で乗り越えた。ぼくたちは結婚した。たとえあわただしくて、お金がなくて、タイミングが悪い結婚でも、ぼくたちはお互いに夢中だったし、親になるのを楽しみにしていた。赤ん坊を亡くしたとき、ぼくたちはすべてを失ったんだ、メイ。一周年を迎える前に、ローナは結婚を終わりにして、スコットランドへ戻り、一般開業医になった。そして、ぼくと話をすることさえ拒んだ。ぼくは立ち直るまで数年かかった。今はエリーとつき合って一年とちょっとになる。ローナのあとでは一番長い関係だ。ぼくが病棟へ行って、エリーとの関係を危うくすると思ったら間違いだ。そもそも、エリーに対して不誠実だ」

「あなたの気持ちが別のところにあるほうが不誠実よ」メイは言った。「はっきりさせるべきときかもしれない。ローナに会って、何も感じなければ、きちんと踏んぎりをつけられるでしょう。あなた、気持ちの切り替えができていないみたいだから」

「ああ、きみならわかるんだろうな」考えていたことをメイに口に出して言われ、ジェイムズはいらだった。「四十二年間も結婚が続いていれば――」

「もう専門家よ！」メイはそっけなく言った。「結婚して四十二年にもなれば、学ぶことのひとつや二つあるわ。わたしが彼女と会って話しましょうか」

「会って何を話すんだ？」メイが目をむいてみせ、ジェイムズもしぶしぶながらほほ笑んだ。メイが言葉に困ることなどないだろう。メイは仕事上、こんなささいなことよりもっと劇的な状況をリハーサルなしで乗りきってきたのだから。「わかった、わかった」ジェイムズはいらだたしげに言ったが、ローナがなんと言うか知りたかったし、少しほっともしていた。「行って、様子を見てきてくれないか」

ローナはＩＣＵでのことをほぼ覚えていなかった。ぼんやり思い出すのは、騒然とした中で、名前を言えとか、ここがどこかわかるかとか問う声が聞こえて、ストレッチャーで病院内を移動したことだった。

たくさんの光が目に飛び込んできて、人々から名前を尋ねられた。名前はわかっていても、どう声にしたらいいかわからなかった。唇と舌が思うようにならなかった。とにかく独りにしてほしかった。起きているのがつらくて、眠りに戻りたかった。まるで胸の上にバスでも止まっているようで、質問に答えて手足を動かそうにも、大変な努力が必要で、ローナにはそのエネルギーがなかった。

「さあ」誰かに耳をつままれた。「名前を言って」

「ローナ」

「では、今どこにいるかわかる、ローナ？」いい質問だこと。それは何度かきかれた。ローナはぼんやりと思い出した。

「ローナ、看護師さんに答えなさい！」父親が来たことは必ずしも励ましにはならなかった。パパは病院の中でもわたしの不品行をたしなめようとする。

ああ、そう、今わたしがいるところは……。

「病院」ローナはひび割れて、はれあがった唇で弱々しく答えた。そして、看護師の要求に従って、ほんの少しだけ両目をこじ開けた。

「それでいいわ。今度はわたしの手を握ってみて。さあ、しっかりと強く」看護師は話し続けた。「あなたは事故に遭ったのよ、ローナ。何か覚えている？」何も思い出せなかった。ローナは答える代わりに眠りに戻ろうとした。眠りを妨げられるのにはうんざりだった。何度も何度も同じことを尋ねてくる。「あなたは自動車事故に遭って、今はノース・ロンドン地域病院にいるのよ」

「いいえ」そんなはずはない。ローナはかぶりを振った。夢の中の出来事のように記憶の断片が浮かんでくる。ロンドンで就職の面接があった。そこまではわかるが、ノース・ロンドン地域病院には絶対に応募していない。求人広告はあったけれど、意図的に避けた。ジェイムズが働いている病院だからだ。

調べてそれは知っていた。

「違うわ」疲れきって反論できず、ローナはそれだけ言って、眠りに戻っていった。

それから二日間、ローナはただそこに横たわっていた。なぜここにいるのかも、どこが悪いのかも考えなかった。あらがうことなく今を受け入れ、生きているというよりむしろ存在していた。そして、少しずつこの世界に戻ってきた。

彼女の母親はナイロンの趣味の悪いパジャマ数着とナイロンのガウンとお年寄りが履くような室内履きを買ってきた。この室内履きがせめてゴム底だったらよかったのに、初めて看護師がローナを浴室に連れていき、シャワーや着替えを手伝ったときにはものすごい静電気が起こった。

さらに一日か二日後、ローナはロンドンでの滞在費について話し合う声を聞いた。あの子はしばらくここにいることになるはずだと。その〝あの子〟が自分のことだとわかるまでに少し時間がかかった。

「事故の知らせを受けて、わたしたちはすべてを投げ出してここに駆けつけたのよ」翌朝、ローナにストローで温かい紅茶を飲ませながら、母親が言った。「ご近所の方にペットのえさやりを頼んでいるし、わたしは着替えをあまり持ってきてないの。見捨てていくと思わないでちょうだい。部屋の鍵を預けてくれたら、服や化粧品を持ってくるわ。自分のものがあったほうがいいでしょう」

「ありがとう」

「わたしたちがここへ来てちょうど一週間ね」

「一週間？」ローナはそこでためらった。質問攻めにすれば母親を困らせ、父親をいらだたせるのはわかっている。でも、一週間？　てっきり二日間くらいで、長くても四日間くらいだろうと思っていた。

「わかってくれるわよね」ベティは娘の胸の傷が痛まないようにそっと抱きしめた。「まだしばらく入院することになるそうよ。この前の日曜はなんとかパパの代わりの牧師を見つけたけど……」

「ママもパパももう充分尽くしてくれたわ」ローナは枕にもたれかかった。まだ朝の八時半なのに疲れきっていた。「迷惑をかけて本当にごめんなさい」

「これは我々に与えられた試練なんだよ」父親が冷ややかにほほ笑んだ。「家に着いたら電話をする」

どうしてパパはわたしに罪悪感を与えてばかりなの？　三十二歳になっても、父の一瞥《いちべつ》で自分が問題児になったような気がする。ドアが閉まると同時に、ローナは部屋から緊張感が抜けていくのを感じた。意識は途切れ途切れだったが、この数日、久しぶりに両親と濃密な時間を過ごした。気の紛れる甥《おい》や姪《めい》もおらず、訪ねてくる信徒もなく、この部屋の中で三人だけで過ごした。ジェイムズ・モレルは建物のどこかへ逃れてしまったようだけれど。

「こんにちは！」生粋のダブリン訛りが聞こえて、しわの寄った優しげな顔が近づいてきた。ローナは小さくほほ笑んで、血圧測定のために片腕を差し出した。「わたしはローナ・マクレラン、ノース・ロンドン地域病院にいるわ」

「そのとおりよ」看護師はほほ笑んだ。「でも、わたしは検査をしに来たんじゃないの。メイ・ドネリー、あなたが運び込まれた救急科の看護師よ。わたしはあなたの回復ぶりを見に来ただけなの」

「ごめんなさい」ローナはうろたえた。「信じられないかもしれないけど、冗談のつもりだったの。わたし、最初の二、三日は、どこにいるかはもちろん、名前も思い出せなかったのよ」

「それはしかたないわ」メイはベッドの端に腰かけた。ローナは膝を動かした。「わたしたちにとっても大変な事故だったから」

「みんなに心配をかけてしまったのね」ローナはため息をついた。「両親はさっき家に帰ったわ」

「よくも悪くもね？」メイは含みのあるまなざしできいた。訳知り顔の問いかけにローナはほっとし、事故以来初めて、彼女の目に涙があふれてきた。

「ものすごく迷惑をかけてしまって……」

「事故なんてそんなものよ」メイはローナの腕をさすった。「あなたのせいじゃないわ」

「あなたはうちの両親のことを知らないでしょう」

「そうね」メイは優しく言った。「でも、ご両親には事故の夜に会ったわ」

「そうなの」

「ジェイムズがあなたに会いにＩＣＵへ行ったとき、わたしも一緒だったの」

ローナは声も出なかった。では、彼はわたしに会いに来たのね。そんな話は両親から聞いていない。父はジェイムズと短い話し合いをしたと言っていた。

父によると、もちろんジェイムズもわたしの回復を確かめたがっていたけれど、彼自身が、会いに行かないほうがいいと判断したということだ。

「あなたが運び込まれたとき、彼が担当医だったのよ」メイは言葉を噛みしめるように言った。ローナは目を閉じて考えようとした。そのときの彼がどんな気持ちだったか。だが、無理だった。結婚していた期間は短かったけれど、もしもわたしの勤務中にジェイムズが瀕死《ひんし》の状態で運び込まれたら、自分がどんな反応をするか想像もつかない。

「彼から聞いたのかしら？」ローナは尋ねた。「あなたは知っているの、わたしたちが……？」声が途切れたが、メイはうなずいた。

「彼が結婚していたことはあの晩初めて知ったわ」

「わたしだと気づいて、彼はどんな様子だった？」

「それを言うと、告げ口になってしまうから」メイは言った。「でも、もちろん動揺はしていたわ。わたしは彼に頼まれてあなたに会いに来たの」ローナは鼻をすすり、こみあげる涙をこらえた。ジェイムズは今も苦々しく思っている。それどころか、何の関心もないのかもしれない。彼が自分で様子を見にも来ないことがこんなにつらいなんて。だが、メイの言葉には続きがあった。「彼も会いに来たがっていたんだけど、あなたにこれ以上不愉快な思いをさせることは望まなかったのよ」

「そんなことないのに」ローナはかぶりを振った。「わからないわ。わたしは、とっくに来てもおかしくないと思っていたから」

「本当なら来ていたでしょうね。ただ……」メイはローナの腕をつかんだ。「あなたはつらい思いをしたかもしれない。ご両親のことや何かで」

「父が彼に来るなと言ったの？」メイは答えなかった。「彼にきいて。いつからうちの父の言うことをきくようになったのって」ＩＣＵで目をあけて以来、ずっとこらえてきた涙があふれた。傷とあざだらけで目を覚まし、自分がどこにいるかもわからないのは恐怖そのものだった。さらに、そこに両親がいて、ジェイムズもいることがわかった。あの日、壊れたのは車だけではない。ローナの世界そのものが壊れたのだ。メイとしては、ローナにティッシュを渡し、落ち着くように言ったほうがよかったのかもしれない。だが、メイはローナの髪をなで、辛抱強く励まして、気持ちを吐き出させようとした。「思いきり泣きなさい」この奇妙で複雑な世界に戻って初めて、ローナは思いきり泣いた。そして、泣きやむと、メイは何かしてほしいことはないかときいた。ローナは、まともなパジャマを買ってきてと言いたくなったが、それは甘えすぎだと考えた。

「あなたが会うって、彼に伝えてくるわね」

元夫に会うのに望ましい姿とは言えないわね。髪をとかす気力があればいいのに。もっと大きな問題について、ローナは必死に考えまいとしていた。今はただ、彼がどんな姿になっているか、お互いにどんな言葉をかけるか、十年前に離れていった理由をきかれたら、なんと答えればいいか考えていた。

だが、あれこれ考え、自分の気持ちを推し量っても答えが出ないまま一時間がたった。ジェイムズがドアを開け、ローナは十年ぶりに元夫と対面した。

「ローナ……」

ローナは声が出なかった。そこに立っている彼にどんな言葉をかけたらいいかわからなかった。彼の声は変わらずに低くて太く、広い肩も緑色の瞳も昔のままだった。あの優しいアイルランド人看護師のそばで泣きたいだけ泣いたはずなのに、彼が部屋に入ってきた瞬間、ローナは再び泣き始めた。

ずっと愛し続け、今も愛している男性が現れたとたん、十年間の苦しみがこみあげてきた。

5

自分が何を言い何をするのか、見当もつかない。怒っているのか傷ついているのか、それとも、もうどうでもいいのか、ジェイムズにはわからなかった。長年そんな感情については考えないようにしてきたし、この数日間はなおさら考えまいとしていた。だが部屋に入ったとたん、ローナの鼻先が赤くなり、琥珀《こはく》色の大きな瞳に涙があふれるのを見て、黒く腫れあがった両まぶたやパジャマからのぞく胸のひどいあざを目のあたりにし、彼女のすすり泣きを耳にして、彼女がどれほどつらい思いをしてきたか思い知った。そっと優しくローナを抱きしめるのは、ごく自然な、当たり前のことだった。

「大丈夫、もう大丈夫だから……」ジェイムズはローナだけでなく自分にも言い聞かせながら、抱きしめた彼女の香りを吸い込んだ。この前抱きしめたときは、彼女が死ぬか、生きていても意識のないままに違いないと思っていた。看護師が入ってきて初めて、ジェイムズはローナの体を放した。彼が見守る中、ローナはまばたきをしながら、自分のいる場所を正確に告げたが、日付のところで口ごもった。

「今日が何曜日かわかる？」

「水曜……」ローナはまばたきをした。「いいえ、その……」彼女は首を横に振った。

「金曜日よ」看護師が言った。「心配しないで、ローナ。すぐに元どおりになるわ。何か欲しいものはある？」

「お水をお願い」水差しとカップはわきのテーブルの上にある。なぜ自分で取らないのかと、ジェイムズはいぶかった。看護師が水を注ぎ、ストローの封を開けて、カップを差し出してやると、ローナは水を少しずつ飲んだ。

　ジェイムズは彼女の衰弱ぶりを思い知らされた。

「両手が」ローナはおどおどと説明した。「まだ少ししびれていて、ものを落としてしまうの」

「すぐによくなる」

「みんなそればっかり」

「それで、調子はどうなんだ？」二人きりになったところで、ジェイムズはきいた。

「悪くないわ、それなりに」

「それなりって？」向き合ったときのローナの不安げな目の動きに気づいて、ジェイムズは探るようにきいた。「本当はどんな調子なんだ？」

「怖いの」ローナは初めて打ち明けた。両親がいる間は、波風を立てまいとして、質問にすべて答え、自分からは何も尋ねない模範的な患者を演じていたが、なぜかジェイムズには正直に話すことができた。

「本当は、今ここで自分が何をしているかわからないのよ」

「何が起こったか、誰からも聞いていないのか？」

「わからないの」ローナの瞳には恐怖がにじんでいた。気管チューブの影響でまだ声がかすれている。かなり回復したとはいえ、ローナが最近まで重篤な状態だったのを、ジェイムズは改めて思い知った。

「事故があったことも、就職の面接でロンドンに来ていたこともわかっている。ただ、わたしに何が起きたのかがわからない。両親を心配させたくなくて、混乱していることは言えなかったわ。映画の冒頭を見逃して誰にも説明してもらえない気分よ。誰かに教えてもらうまで、今日が何日かもわからない」

「待ってくれ」こういうときの対処法ならジェイムズもわかっている。「きみはかなり重傷だったんだ、ローナ。ほんの三日前には集中治療病棟《ICU》にいた。いろいろなことが思い出せなくても、それが普通なんだよ」

「そんなにひどくはない――」

「いや」ジェイムズはさえぎった。「そうなんだよ、ローナ。こういう会話をしていること自体、きみには洞察力があるしるしで、いい兆候なんだよ」

「そうかしら」彼の言葉に慰められ、ローナは枕に背をもたせかけて、しばし目を閉じた。

「ここまでのことを、ぼくから詳しく説明しようか？」ジェイムズは彼女が顔をしかめるのを見た。頭部に損傷があるとはいえ、ローナはローナだ。彼女が何を考えているか、ジェイムズにはわかった。

「先週のことを説明するっていう意味だよ」血の気のない唇に笑みが浮かぶのを見て、彼は続けた。

「この十年のことじゃない」

「だったら、お願い」

「何かに書いて示したほうがいいかな？」ローナがくすくす笑うのを見て、ジェイムズはほほ笑んだ。

「ただ説明してくれればいいわ。それでもし、わたしが忘れてしまうようなら、何かに書き留めて」

「きみは自動車事故に遭った。高速一号線で長距離バスの衝突事故があって、きみは頭部に損傷を受けた。ただ、報告書によると、それは軽微なものだ」

「でも、わたしは発見されるまで何時間も意識不明だったと、母が言っていたわ」

「それは違う。きみは車の中に毛布を置いているだろう？」ローナは眉を寄せてからうなずいた。

「後部座席にね。ほころびがあって……」

「そう、きみは発見されたとき、それにくるまっていた。きっとどこかの時点で意識が戻ったのだろう。その時点で、寒いから暖まらなければと認識する能力はあったんだ。ローナ、きみの車が発見されるまでには長い時間がかかった」ローナがどれほどひどい目に遭ったか想像すると、ジェイムズは耐えられなかった。覚えていないなら、そのほうがいいかもしれない。いや、それでも彼女は真実を知るべきだ。

「きみの車が発見されたのは事故の四時間後ぐらいだった。どうやらきみは衝突を避けようとして、コントロールを失ったらしい。大事故の混乱の中で、きみの車は片づけが始まるまで気づかれなかった」

　鳥のさえずりのような小さな声がもれて、ある情景がローナの頭に浮かんできた。携帯電話を取ろうとしたが、車の床に手が届かなかった。ヘッドレストに預けた頭が鉛のように重い。割れたフロントガラスから雪が吹き込んでいた。ゆがんだシートを回り込むようにして少しずつ腕を動かしていった。永遠とも思えるほど長い時間をかけて、ようやく毛布に手が届いた。これで体温を保つことができる。

「きみはかなり大変な状態だったが、今はもうそこから脱しつつある」ジェイムズは請け合った。「信じられないほどの回復ぶりだ」

「本当に？」

「本当だよ」ジェイムズはうなずいた。「すぐに元のローナに戻る」そう言ったとたん、かつてのローナを思い出し、はっと息をのんだ。「では、ぼくはそろそろ救急科へ戻る」

「あなたは専門医なの？」

「そうだ」

「前々からの望みだったわね」

　あのころは望みが山ほどあった。ジェイムズはほほ笑み、ローナがまた元気になることを願ったが、彼女の頬にキスをするのは意識的に避けた。

「週末は仕事？」

「当直ではない。きっと二、三回は呼び出されるだろうけどね」

「では、そのときに寄れるようなら寄って」

　ジェイムズはイエスでもノーでもなく、それはどうかなというように小さくうなずいた。彼が出ていったあと、ローナは長い間ドアを見つめていた。彼の訪問に慰められた半面、動揺もしていた。また来てなんて言うべきではなかった。ローナは向きを変え、今や見慣れた病院の非常用発電機を見つめた。けさの出来事ですっかり疲れてしまい、看護師が入ってきて、点滴の流量を変えたときも、ローナは振り向きさえしなかった。残ったわずかなエネルギーはすべてジェイムズに向けられていた。

　近づかないで。ローナは願った。会いに来てほしいけれど、彼のためには離れているほうがいいのだから。

6

「さあ」ジェイムズはポケットベルと鍵束を下に置いた。大きなテイクアウトのコーヒーをローナの前に置いて、ストローの袋を開けようとしたが、彼女がそれを止めた。

「だいぶよくなってきたから」ローナはほほ笑み、コーヒーをひと口飲んで、まずまずの味をしばし楽しんだ。「だから、今はストローは使わないわ」

　確かにローナはだいぶよくなった。両親がいなくなり、ジェイムズが事故の詳細を説明してから、もやが少し晴れたようだった。看護師たちとおしゃべりもするし、二度ほどは、看護師に点滴スタンドを押してもらい、足を引きずりながら病棟を端から端まで歩いた。起きあがって動きまわるのは楽しかった。ジェイムズと会うのはもっとずっと楽しかった。

「わたしが運び込まれたときに勤務中だったって、メイから聞いたわ」ローナは彼と視線を合わせた。二人の過去がどうあれ、そのときのショックはかなりのものだったはずだ。「本当にごめんなさい」

「きみには何の責任もない。ただ、救急車の扉が開いたとき、それがきみだとは思いもしなかった。ここで会うなんて考えたこともなかったから。ところで、どうしてロンドンで職探しをしていたんだ?」

「面接を四件入れていたのよ」ローナは思い出しながら彼に説明した。

「では、こっちに戻ってくるつもりなのか?」

「仕事が決まったらね……」

「きみはロンドンが嫌いだと思っていた。楽しくないと言っていたから——」ジェイムズは言葉をのみ込んだ。今は過去を振り返るべきときじゃない。

「場所のせいじゃないわ」ローナは静かに言った。そうなると、彼女が嫌っていたのは二人の関係か、あるいはジェイムズそのものということになる。

「わたしは一般開業医として、田舎の診療所を任されていたの。それを変えたかったのよ。本当は大きな都市の病院で働きたいと思っていたから」

「それなら、スコットランドにもあるだろう」

「わたしはただ……」ローナはかぶりを振った。本当のところを彼に話すつもりはない。「変化が欲しかったのよ。先月辞表を出したわ。働き口はすぐに見つかると思っていたけど、面接の結果は思わしくなかった。担当した患者数を見るらしくて、わたしの場合、不充分だったのだと思う。周囲何キロもの地域で、唯一の医師だったってことは重要視してもらえないみたい。どれだけいろいろなことをこなさねばならないか理解してもらえないのよ」

「ぼくに連絡をくれればよかったのに」ジェイムズはかすかに笑った。「口添えぐらいできただろう」

「いっそ頼みたいと思ったくらい」ローナの口もとに少し悲しげな笑みが浮かんだ。「だから、今は失業中でホームレスよ。おまけに車は廃車だし」

「ホームレス？」ジェイムズは眉を寄せた。

「フラットはとっくに売りに出したわ。それが突然売れて、引き渡しを急ぐ相手だったから、すぐ出ていくか、売るチャンスを逃すかだった。今は休暇中の友人の家に留守番役として住まわせてもらってるの。それがあと二週間くらいだから、たくさん面接を受けていたのよ」

「でも、あと一週間かそこらはノース・ロンドン地域病院のお客さまだ」ジェイムズはにやりとした。「ひょっとしたら、就職のオファーがあるかも」

　ローナは手持ちぶさたでジェイムズのキーホルダーをもてあそんだ。ふと見ると、そこには大きな銀製のLの文字がぶらさがっていた。

「きみの頭文字じゃないよ」ジェイムズはほほ笑んだ。「ぼくはそんなみじめったらしい男じゃない」

「わかってる」彼の声にかすかなとげを感じ、ローナは頬を赤らめ、鍵束を下に置いた。彼が言っているのは本当のことだ。「ジェイムズ、ずうずうしいお願いなんだけど。母に頼んだら、間違ったものを買ってきたの。もし機会があったらだけど、携帯電話の充電器を買ってきてもらえないかしら？」

「いいよ」ジェイムズは彼女のひきだしをかきまわして携帯電話を取り出すと、型番を書き留めた。

「でも、明日になるよ。今日はすることがいろいろあるし、今夜は結婚披露宴に出席する予定なんだ」

「それはすてきね」彼が顔をしかめたのを見て、ローナは言葉を切った。「なんだか楽しみじゃないみたいね」

「エリーの従兄弟《いとこ》の披露宴なんだ。いやな男でね。ぼくも彼女も出席したくないんだ」

「エリーって？」

「ガールフレンドだよ」ジェイムズは窓に近づき、外を眺めた。病院の発電機が灰色の冷たい空に煙を吐き出している。ローナは枕に背中をもたせた。キーホルダーのＬの意味が今わかった。頭文字はエリーのＥのはずだが、ジェイムズはいつもこういうことを普通とは違う形にする。ＥＬＬＩＥのＬね――。ローナは横たわったまま、そのつづりをつぶやいた。

「そろそろ行くよ。十二時に、髪を切りに行くことになってるんだ」ジェイムズは帰り支度を始めた。

「そうなの」ローナはほっとして明るくほほ笑んだ。

「ありがとう、来てくれて。あなたが昨日説明してくれたおかげで、ずいぶん気が楽になったわ」

「よかった」

「では、また明日」ローナの言葉に、ジェイムズはちょっと顔をしかめた。明日も会いに来るなんて言うべきではないかもしれない。こういう習慣を作るべきではない。

「そうだな」ジェイムズはただほほ笑んだ。そこで、ぎこちない間があり、彼は改めて、ローナの頬にキスをしないことにした。昨日簡単に彼女を抱き寄せてしまったことを、ジェイムズは苦しみ始めていた。

「また明日」

救急科へ戻る途中、携帯電話が鳴った。画面を見て、ジェイムズは出ないことにした。

エリーだった。

さっきはわざとエリーの名前を口に出した。ローナにエリーのことを知らせる、いい機会だと思ったからだ。

単に恋人への忠誠心というだけではない。

要するに、自己防衛のためだった。

7

「外出にはお医者さま同伴が一番ね！」走る車の中で、エリーは笑った。二人は世界一退屈な結婚披露宴をあとにしたところだった。「早めに抜け出す永久不滅の言い訳があるから！」

「便利だろう？」ジェイムズは笑みを浮かべた。

「それで、これからどうするの？」

ジェイムズの笑みが消えた。彼はウィンカーを出して、不必要な車線変更をした。「ちょっと同僚のところに顔を出さないといけないんだ」

「一緒に行けば、あとでわたしのうちに寄れるわ」

「明日はいろいろと忙しいんだ」

「明日はお休みよね」エリーの声はこわばっていた。

まる一週間会っていなかったのだから、それも当然だと、ジェイムズはわかっていた。次にどんな言葉が続くかも予想できた。つき合い始めたころからのけんかの種だった。「一度くらい職場の人たちに会わせてくれてもいいんじゃない、ジェイムズ？」

「ぼくが仕事と私生活を区別していることは知ってるだろう。最初に言ったはずだ」

「一年以上前にね」エリーは言った。「わたしを家に放り出しておいて、同僚と飲みに行くって、ずいぶんだと思うわ」

「わかったよ」ジェイムズはエリーが拍子抜けするほどあっさりと言った。「一緒に行こう！」同僚に恋人を会わせるのはローナ以来だった。彼とエリーは騒がしいバーへ足を踏み入れた。中でも一番騒がしいのが救急科のチームだった。ジェイムズが来たことで大きな歓声があがった。彼は科全体からの記念品とは別に、自分でもプレゼントを用意していた。長年の働きへの感謝を刻み込んだペンは、ミックを喜ばせた。だがジェイムズがエリーと一緒に入ってきた瞬間、不満げな顔をする女性たちもいた。メイの表情にいたっては不機嫌どころではなかった。

だが、それもほんの一杯飲む間だけのことだった。そのあと、二人はエリーの家へ向かった。家の前で車を止め、エンジンを切らずにいると、ジェイムズは自分が世界で一番いやな男になった気がした。

「くたくたなんだ、エリー」どうして中に入らないのかときかれて、ジェイムズは答えた。

「うちにベッドがあるわよ！」冗談めかした言葉だったが、途中で声が震えて、ジェイムズはエリーが泣いているとわかった。こんな姿を見るのは忍びなかった。「こんな仕打ちはやめて、ジェイムズ」

ここで〝何でもない〟とか〝ただ疲れているだけだ〟などと言って、エリーを安心させるべきなのかもしれない。だが、ジェイムズにはそれができなかった。エリーがしないでほしいと懇願していることを、しようとしているからだった。

「少し、距離を置いてはどうだろう」

「いやよ」エリーはきっぱりと言った。「そんなのだめ。中へ入って話し合いましょう、ジェイムズ」

「無理なんだ」ジェイムズはかぶりを振った。それだけはできない。何を言えばいいかわからないのに、どうやって話し合うんだ？　自分の気持ちすらわからないのに、話し合いなんてできるはずがない。

「エリー、きみはとてもすてきな女性だ……」

　エリーは彼の頬をぴしゃりとたたいた。ジェイムズはそれを受け入れた。彼女が最高の恋人で、これまでずっと最高の恋人だったからだ。そうでないまでも、この何年間かで一番それに近い存在だった。もしかしたら、運命の人なのかもしれないと思うほどだった。

「どうして？」エリーは詰問した。「どうしてみんな捨てようとするの？」

「きみのせいではなくて……」

「そうよ、いまいましいローナのせいよ」

「ローナは関係ない。ずっと前に終わったことだ。彼女にはつき合っている相手もいる」

「ローナのためでしょう！」エリーは車のドアを乱暴に開けた。「どうしてあなたは、彼女がしたことを、あなたが受けた仕打ちをみんな忘れて――」

「ぼくはただ頭の中を整理したいだけなんだ」ジェイムズは言った。

「わたしと一緒では、それができないのね」

　その瞬間、ジェイムズはエリーを見た。彼女の言葉を否定したかった。だが、嘘《うそ》がつけない彼には、不実なことは考えられなかった。ぼくとローナがベッドに転がり込むことはまずないし、ローナとよりを戻すつもりもまったくないが、頭の中には常に彼女のことがあった。それをなんとかしなければならない。エリーとはもうやっていけないし、これからもありえない。

「そうなんだ、エリー、きみとはもうやっていけない。すまない」

「悪いと思って当然よ」

エリーは車のドアを勢いよく閉め、私道を歩いていった。ジェイムズは追いかけたかった。どれだけすまないと思っているか、もう一度伝えたかった。だが、それは彼女に対して不誠実だろう。

車を走らせながら、ジェイムズは腹を立てていた。ローナに対して。

何の不満もなく暮らしていたところに、不意に舞い戻ってきて、再びぼくの頭の中をかき乱すなんて。

病院の前を通りながら、ジェイムズは考えた。ローナはあの派手なパジャマを着て、ベッドに横たわっているのだろうか。結婚生活を取り戻したいとはまったく思わない。あれは地獄のような日々だった。あとになってみれば、言い訳も口論もなしに結婚を終わらせて、離れていったローナは正しかった。

しゃれたタウンハウスの自宅に戻ったジェイムズは、長椅子の上にあるエリーのイヤリングや玄関にかかっている彼女のジャケットには目も止めなかった。彼は寝室の戸棚へ直行し、ずっと捨てるつもりで捨てずにいた小箱を取り出すと、ベッドに腰を下ろし、結婚式の写真を眺めた。

彼を見あげるローナはとても美しく、琥珀《こはく》色の瞳は愛に輝いていた。彼女を見おろしているときの気持ちは今でも覚えている。誇りと希望がないまぜになり、確信がそれを裏打ちしていた。二人はうまくいく、あわただしく強制された結婚だけれど、なんとかよい夫婦になれると信じていた。だが……。

二人の結婚は一年も続かなかった。

8

大学病院の患者でいるデメリットは、実習の材料にされてしまうことだった。

一流の治療が受けられるのはすばらしいし、ローナ自身、医師として何度もそのかたわらに立ち、かわいそうな患者の体がつつきまわされ、それについてあれこれと議論が戦わされるのを熱心に聞き入った。そして、当の患者にはいつも申し訳なさそうにほほ笑んだものだった。だが、自分が患者の側になってみると、その立場は苦痛そのものだった。

月曜日の朝の回診は永遠に続くかのようだった。

加温措置や蘇生《そせい》法について長々と議論された後、外傷専門医のミスター・ブラウンがシートベルトによる外傷と肋骨《ろっこつ》骨折が心臓マッサージによって悪化したと説明した。これでローナはなぜ自分のあざと痛みがこれほどひどいか理解した。記憶の空白が埋まり、徐々に自分を取り戻していくようだった。学生にぎこちなく腹部をつつかれたときは、人一倍シャイなローナは泣きたくなった。次は傷痕について話し合われた。

「子宮外妊娠による卵管破裂です」学生はちゃんと予習をしたらしく、ローナの記録を読みあげた。

「手術で何が見つかった？」

「虫垂の切除手術による癒着です」

「他にドクター・マクレランには、何か婦人科的な問題はあるか？」

「子宮内膜症があります」

「それは今の治療に直接関係があるか？」

ローナは学生が気の毒になった。自分のほうがよほどかわいそうだが、十年前の子宮外妊娠と現在の子宮内膜症が、事故で負ったけがに関係するかどうか、必死に頭をひねっている学生が気の毒だった。

「ドクター・マクレランは来年早々に子宮摘出手術を受ける予定になっているが」専門医が急《せ》きたてた。「子供を持たない三十二歳の女性が、なぜそんな根治的手術を受けるのかな？」

「痛みのためですか？」学生は答え、ミスター・ブラウンがうなずくと、安堵《あんど》のため息をついた。

集中治療病棟《ICU》を出ていきながらも、痛みのコントロールがいかに難しいかについて長い解説が続いた。普段から強い鎮痛剤が必要だったローナは今、特別に強い薬剤を服用している。

「ありがとうございました」チームが病室を出ていくとき、学生が申し訳なさそうにほほ笑んだ。そのどこかで見たような笑みに、ローナはぎこちない笑みを返した。子宮全摘出手術を受けようとしている、子供のいない三十二歳の女性。ローナは必死に感傷に浸るまいとした。書類上は子供がいなくても、一度はわたしにも赤ちゃんがいた。画面に映っていた小さな心臓の鼓動。自分にとっても、ジェイムズにとっても、かけがえのない宝物だった。

妊婦健診へ行くときの興奮を、ローナは今も覚えている。結婚早々で、ロンドンにもまだ慣れていないころだ。研修先も変わり、新たな大学病院の産科に入れてもらったばかりだった。その病院で、ジェイムズは働き、ローナは学んでいた。妊娠はローナにとっていいことずくめだった。生まれて初めて胸に谷間らしい谷間ができ、髪が今までにないほど艶やかになった。つわりはあったが、我慢できる程度だった。ジェイムズと結婚して、両親から離れられた解放感を味わい、ほぼ完璧な人生のように思えた。臨床研修医が診察を始めるまでは。

不安材料が見つかったことは、ローナにもわかった。ほんの一分前まで、ローナが新たな研修先になじんできたことや、研修の仕上げと出産をどうまく両立させるかなどと話をしていた女性の臨床研修医が、内診を始めたとたん長々と黙り込んだ。

「ミスター・アーノルドの意見をきいてみるわ」

ローナは横たわったまま必死にパニックにならないようにしていた。大丈夫だと自分に言い聞かせたが、大丈夫ではないとわかっていた。ただ、答えはすぐに出そうになかった。ミスター・アーノルドは手術室にいて、さっきまで話し込んでいた臨床研修医はひどくよそよそしくなり、執務デスクで書類に記入したり超音波検査室に電話をかけたりしていた。

「採血をしたら、階下《した》で超音波検査を受けて」

「何か問題でも？」

「子宮が予想された大きさじゃないの」臨床研修医は安心させようとして、ぎこちなくほほ笑んだ。

「とにかく、超音波検査をしてみましょう」

ローナはその場でジェイムズに電話をかけた。そして廊下に座って、子宮を押しあげるためにと指示された一リットルの水を飲んでいたところに、ジェイムズが現れた。彼が心配し、それを顔に出すまいとしているのがひと目でわかった。具体的に医師はどう言ったのかと、彼はローナに数回尋ねたが、返ってくる言葉が少ないので少しいらついていた。

「妊娠していることはわかってるのよ」ローナは憤然と言った。トイレに行きたくてたまらず、こんな目に遭わせる医師に腹を立てていた。教科書によれば、つわりはホルモン値が良好であるしるしだというし、胸もこの週だけでほぼ倍の大きさになった気がする。「今朝もつわりがあったし」放射線技師に名前を呼ばれて、ローナは立ちあがった。

技師は優しくて礼儀正しく、だが、ビジネスライクに、ローナに横たわるよう指示し、彼女のショーツの上部に紙のシートをたくし込んで、腹部に温かいジェルを垂らした。おなかの上をプローブが行き来し始めると、ジェイムズはローナの手を握る手に少し力を込めた。赤ん坊の心音が聞こえた。心臓は絶え間なく鼓動している。だが、ジェイムズはほほ笑んでいなかった。放射線技師も同じだった。

「ここでちょっと待ってもらえますか」放射線技師はスツールを降り、赤ん坊の画像を表示したまま、暗い部屋から出ていった。何が悪いのか、ローナにはわからなかった。画像診断の専門家ではないが、そこには確かに頭と二本の腕、二本の足がある。計測もなく、ほんの二分で終わったが、心臓は活発に鼓動している。なのに、いったい何がいけないの？

「どういうこと、ジェイムズ？」

「ぼくもよくわからない」

「ジェイムズ、お願い……」彼が嘘をついていることはわかった。顎の線がこわばり、手に力がこもっている。彼はローナのほうを見ようとしない。「お願い、話して。何か問題があることはわかるから」

「よくわからないが……」ジェイムズは一瞬ためらってから続けた。「ローナ、はっきりはわからないが、赤ん坊が正しい位置にいないのかもしれない」

そのときドアが開き、放射線技師だけでなく、担当の産科医、臨床研修医も一緒に入ってきた。ローナはショックのあまり声も出ず、ただ横たわったまま赤ちゃんの無事を願っていた。もしかすると低置胎盤とかで、数週間安静にしていればたぶん……。

「ローナ」ローナが主治医のミスター・アーノルドに会うのは初めてだった。彼は自己紹介をしてから、ジェイムズと握手を交わし、超音波検査を引き継いだ。ローナの下腹部の上を再びプローブが動き始めた。彼の表情は一心不乱そのものだった。

「非常に言いにくいことだが、子宮外妊娠なんだ」

「まさか」ローナは認めようとしなかった。

「きみの子宮は空なんだよ、ローナ。胎児は卵管の中で成長してきた」

「違うわ」主治医たちが急に胎児と呼び始めたのがいやでたまらなかった。ほんの数分前はわたしの赤ちゃんだったのに。

「胎児はこれ以上生存不可能だ」

「赤ちゃんよ」ローナは医師の言葉をさえぎった。

彼女は頑として受け入れなかった。今すぐ卵管が破裂するかもしれない、胎児を摘出する以外、選択肢はないと主治医たちが言っても、耳を貸そうとしなかった。すべてはジェイムズの肩にかかっていた。医師たちが診察し、超音波診断で確認する間、彼はずっとローナの手を握っていた。赤ん坊の呼びかたは胎児になったが、今も動いているのが見えるし、小さな心音も聞こえていた。

「音を消してくれない？」ローナは生まれて初めて大声でどなった。室内は一瞬静まり返った。張りつめた空気の中に赤ん坊の心音だけが響いていた。すぐに検査技師がスイッチを切り、赤ん坊の心音はあっさりと消された。

必要な書類の完成を臨床研修医に任せ、産科医は出ていった。だが、ローナは手術室に直行したくなかった。避けられない結果を直視したくなかった。

「体調はいいのよ」

「手術を受けないとだめなんだ」ローナに言い聞かせようとするジェイムズの目に、涙が浮かんでいた。「このままだと破裂してしまう」彼はきっぱり言った。「ぼくはきみたちを一度に失いたくない」

「うちに帰っていいかしら？」そう言ったとたん、どうかしていると思われると気づいて、ローナはすかさず説明した。「ただ、ひと晩考えたいだけよ」

「ローナ」臨床研修医は上司よりも気遣いがあった。彼女はローナの手を握り、きっぱりとだが優しく事実を説明していった。ただ、臨床研修医の冷静な態度とは裏腹に、室内にはあわただしい動きがあった。ローナの腕に点滴がつながれ、適合試験のための採血がされた。生理食塩水のバッグがつるされ、血管への注入が始まったが、研修医が〝念のため〟と言い、点滴ラインは開放にされていた。

ローナはその意味がわかっていた。救急科のローテーションのとき、大量出血し、青ざめた女性が手術室に運び込まれてきた。子宮外妊娠による破裂だった。同じことがいつ自分の身に起こってもおかしくない。超音波診断の結果から、破裂は間近に迫っていると、研修医は穏やかだがきっぱりと言った。

ローナの前には同意書があった。

男か女か確かめるかどうかで、ジェイムズと楽しいけんかをしたのはつい今朝のことだった。ローナは性別を知ってさまざまなリストを作ったり、名前を決めたり、色を選んだりしたかった。ジェイムズは生まれるまで楽しみはとっておきたいと言った。

それが今、死刑執行令状に署名を求められている。

「卵管はできるだけ温存するわ」臨床研修医はもう一度説明した。「ただ、中を見てみるまでは……」

「いやよ」誰かに聞き入れてほしくて、ローナは言った。ジェイムズの顎はこわばり、我慢の限界に来ているとわかる。彼が立ちあがり部屋を行ったり来たりし始めると、看護師が入ってきて、手術を拒み続けるローナの服を脱がし、指輪にテープを貼った。

「マニキュアも落としましょうね」除光液のにおいがして、ローナは吐き気を催した。ジェイムズになんとかしてほしい。医師として反論してほしい。

「今行った検査で状況が悪化した可能性もあるのよ」臨床研修医が説明した。「位置が卵管の下のほうで、大きさも薬物治療では対応できない。もし今帰宅して破裂したら、ジェイムズの言うとおり、あなたたち二人をいっぺんに失いかねないわ」

「何かできないの？」ローナは懇願した。「テレビで見たことがあるわ。インドの女性だった」

「ローナ」ジェイムズがさえぎった。「妊娠を継続することはできない」

　破裂の危険が迫っていて、逃れる方法はない。妊娠が継続できないなら、その事実を変える以外、ローナにできることはなかった。

　同意書にサインをしたことは覚えている。子宮外妊娠に対する腹腔《ふくくう》鏡手術、ＰＯＣの除去、卵管切除。

「ＰＯＣ？」

　こんなときでなければ、ローナにもすぐにわかったはずなのに、今は脳が凍りついたかのようだ。

「受胎生成物《プロダクト・オブ・コンセプション》よ」研修医が言った。「やむをえない場合には、卵管切除をする許可も必要なの」

　めまいがするような吐き気がこみあげ、ローナは嘔吐《おうと》し始めた。それは朝のつわりとは異なるものだった。ジェイムズはうろたえ、臨床研修医は点滴の速度を上げ、上司のポケットベルを鳴らした。

「とにかく同意書にサインをして、ローナ」

　なぜジェイムズがサインしてくれないの？　彼のほうを見て、そう思ったのを覚えている。そんなに簡単なことなら、彼でもいいはずよ。だが、簡単なはずはなかった。ローナは差し出されたペンを手に取り、書類にサインをすると、力なく横たわった。そして、あわただしく手術室へと運ばれていった。


「やあ！」ジェイムズがドア口に立っていた。ほほ笑んではいるが、用心深い笑みだった。彼はテイクアウトのコーヒーの大きなカップを二つとビニール袋を持ってきていた。袋には頼んでおいた充電器が入っているようだった。「昨日買えなくてごめん」

「いいのよ」ローナはほほ笑んだ。「どこかへ出かけようとしてたわけじゃないし」

　ローナは携帯電話を取ろうと、ベッドわきのテーブルのほうを向き、痛みにたじろいだ。ジェイムズが代わりに携帯電話を取り、充電器につないだ。それから少し話をしたが、彼はぎこちなかった。

「コーヒーをありがとう」ローナは喜々として飲んだ。「楽しみにしていたのよ。病院のはまずくて」

「わかるよ」ジェイムズが腰を下ろし、ローナはそれを喜んだ。ときどき退屈するのは、回復してきたからだろう。医師なので特別なのか、狭いながらも個室だったが、故郷から遠く離れて、見舞い客もなく、考える時間があり余っていた。でも、少なくともこれで携帯電話が使える。ローナは自分を慰めた。

「廊下に回診団がいたが、ここはもう来たのか？」

「ええ、ついさっき。わたしの経過はかなりいいらしくて、水曜日にも退院できるかもしれないわ」

「それはよかった」

　実のところ、そうとも言えなくて、ローナにとっては気のめいる話だった。

「では、友人の家に行くのか？」

「それはないと思う。あと一週間したら、彼女が帰ってくるんだけど、この状態のわたしを家に置いてもらうのは友情の限度を超えている気がして」

「だったら、実家に帰るのか？」

　答える前にためらいがあった。「そうするしかないかも。どうしよう……」こんな体の状態で六時間も車に乗るなんて、考えただけでぞっとする。それも、うちの父の運転でだなんて……。ローナは恐怖のあまり、ぎゅっと両目を閉じた。

「あまりうれしそうじゃないな。ご両親とはうまくいっていないのか？」

「何年も前からよ、ジェイムズ」

「お二人ともきみのことをすごく心配していた」

「それは娘だもの」ローナは言った。「もちろんわたしのことは愛してくれているし、けがをしたときは心配してくれた。両親はわたしがロンドンへ戻ろうと考えていることが気に入らなかったのよ」

　そのとき、ローナの携帯電話が鳴り、一週間分以上の電話やメールが表示された。心配した友人や家族からのものに違いない。その返事はあとですることして、ローナはすばやく画面をスクロールした。本当に知りたいのは面接の結果だった。

「帰ったほうがいいのかな？」ジェイムズは言ったが、ローナはかぶりを振った。メッセージの再生を始めた彼女は、青白い頬を紅潮させ、ついには天を仰いだ。残念ながら、結果はすべて不採用だった。

「今となっては、あの日出かけなければよかったと心から思うわ！」ローナは明るくほほ笑もうとしたが無理だった。「わたしは医師として経験が足りないのかしら……」

「きみはすばらしい医師だよ」

「あなたは医師としてのわたしを知らないでしょう。でも、そうね、自分ではちゃんとした医師だと思っている。ただ、向こうが雇いたがっているような医師ではなかったのね」ローナは小さく肩をすくめたが、その動きのせいで痛みに顔をしかめた。

「痛み止めが必要か？」ジェイムズはきいた。

「一時間前にのんだわ」

「でも、きいていない。量が足りないのかもしれない」ジェイムズは立ちあがって、ローナのカルテを手に取り、目を通した。それが差し出がましいとは考えもしなかった。「肺感染症にかかりたくないなら、深呼吸をして咳《せき》をしたほうがいい。それから、パラセタモール二錠はちょっと……」ジェイムズの声が途切れた。ローナが服用している鎮痛剤の強さを知って、彼は目をしばたたいた。

「薬ならたっぷりのんでいるわ」ローナは軽く受け流そうとした。「ちょっと痛いだけ。誰かに殴られでもしない限り我慢しないと」ジェイムズが心配そうな表情で腰を下ろすのが見えた。「ミスター・ブラウンが回診に来て、心臓マッサージがどれだけ長く続いたか説明してくれたわ。肋骨の骨折とシートベルトの外傷にそれが加わったんだから、しばらくは我慢するしかないでしょう」

「このあざは」ジェイムズは自分の胸を指さしたが、ローナのあざのことを言っているのはお互いわかっていた。「どこまで続いているんだ？」

「胃のあたりまでと脇の下までよ。なかなかの見物よ！」今は黒と紫色で、くすんだ緑っぽい黄色になっている。救急科にいたときのローナは青あざがほんの少しあっただけで、低体温状態のせいか、広範囲のあざの兆候はなく、百合《ゆり》のような白さだった。

「かわいそうに」たったそれだけだったが、ジェイムズの言葉は事実を伝えるだけでなく、心の奥まで届くものだった。わたしの体が受けた痛手は、あざや肋骨の骨折だけでは言い表せない。彼はそれを理解してくれている。「ローナ」ジェイムズが言った。

「水曜日に家に帰るのは無理だな」

「そうね」ミスター・ブラウンの回診のあと、ローナはさまざまな可能性に考えを巡らせていた。「二、三日はホテルに泊まろうと思っているの」

「ホテル？」

「今は産後にホテルに泊まる人もいるのよ。それと同じ。病院にいるより、ホテルに移れば――」

「ローナ！」

「名案でしょう！　食事も出るし、洗濯もベッドメイクもしてくれる。それで、そろそろ移動ができそうだと思ったら……そのとき考えればいいわ」

「ぼくのところに泊まればいい」それはとても単純で、とても複雑なことだった。

「どうして？」たったそれだけの言葉の裏に、たくさんの問いが隠れていた。「わたしはとにかく休みたいのよ、ジェイムズ」

「それなら、ぼくのうちでだってできる」

「無理よ」過去を蒸し返すつもりはないし、よりを戻すつもりもない。たとえほんの数日間でも、元夫の家で過ごすのはいい考えとは思えない。

「お互いいい大人じゃないか。二人の関係はとっくに終わって、踏んぎりもついている。ただ、一度は結婚していた相手だから、心配はする。立場が逆だったら、きっときみも同じことをするだろう？」

「もちろんよ」ローナはうなずいた。

「だったら話は簡単だ。ぼくはほとんどの時間、職場にいる。過去のこととかそういうことについて、ぼくが答えを求めることはいっさいない。いずれにしろ、きみはアフリカに恋人がいるんだろう」

「アフリカ？」

「ケニアとか」彼が言うと、ローナは笑いだした。

「うちの父がそう言ったの？」

「そうだ。きみに会いに来るなと言ったときに！」

「あきれた！　マシューとは二年も会っていないのに。意識不明の人間は哀れよね。半死半生の状態でいるだけでも不幸なのに、気持ちをまったくわかってくれない人が代わりにしゃべっちゃうんだから」

　ジェイムズは声をあげて笑った。久しぶりに昔のローナ・マクレランが現れた気がした。やや激しい気性や、苦笑させられるような変わった思考回路。本来ならローナも一緒に笑うところだった。実際、笑いかけたが、痛みのあまり笑えなかったのだ。

「では、決まりだ」ジェイムズは立ちあがった。

「水曜の午前中は休みを取って、きみをうちへ連れていく」彼は顔をしかめて、ローナを見おろした。

「いや、その日は一日休もう」

「その必要はないわ」

「最初の日だけさ。きみが落ち着くまで」

「ありがとう」

「きみの父親は不満だろうな」ジェイムズはローナが昔のように父親を欺くうまい方法を考えつかないかと半ば期待したが、彼女は枕に背中を預け、痛む胸が許す程度に小さく肩をすくめただけだった。

「しかたがないわ」

午後遅くに目を覚まし、ローナはうろたえた。周囲がぐるぐる回って見えた。ローナは必死にジェイムズの姿を探した。

「大丈夫よ、ローナ」知らない誰かが血圧を測りながら言った。「あなたは病院にいるのよ」

だが、ローナの心は静まらなかった。過去と現在の狭間《はざま》に取り残されたまま、ベッドに横たわり、何が起こったのか必死に理解しようとしていた。

手術のあとに目を覚まし、そばにジェイムズがいないことが耐えられなかった。自分たちの赤ん坊がどうなったのか、彼から説明してほしかった。だが、ジェイムズはローナの両親に電話で報告をしているところだった。そのとき、臨床研修医がやってきた。

ローナは〝運がいい〟らしかった。卵管は手術が始まる五分ほど前に破裂していた。

「痛いのも当然ね」臨床研修医は鎮痛剤の投与量を増やし、手術がどれほど難しかったか説明した。虫垂切除により卵管に癒着が起こっていたことは初めて知ったが、それについて考えたり今後の相談をしたりする余裕は、そのときのローナにはなかった。

「やあ」ジェイムズはローナのベッドの横に腰を下ろし、彼女の手を握った。「目が覚めたんだね！　今きみのご両親に電話をしていたんだ」

「二人はどうだった？」

「心配していた」ジェイムズは彼女の額にキスをした。「でも、きみは大丈夫だと伝えておいた……今、廊下で研修医を見かけたけど、ここへ来たのか？」

「ついさっき」

「何て言っていた？」

「ローナ？」看護師が点滴を調整し始め、ローナを過去から現在に引き戻した。痛みはあるかという看護師の問いに、ローナはうなずいた。

「点滴の量を減らしてもらえないかしら」その言葉

に、看護師は困惑顔になったが、ローナには説明する気力がなかった。

眠りに落ちて過去や未来を漂うくらいなら、今のこの痛みに耐えるほうがまだよかった。

「ポーリーン」ジェイムズはローナの視点で我が家を見まわし、少しいらだたしげに髪をかきあげた。

「来客があるんだ」

清掃員を雇うかどうか、通いの家政婦と話し合おうと思っているのは、潔癖性のローナを考慮してというより、その正反対のポーリーンのせいだった。

ポーリーンを首にすることは考えられない。

それは、母親に出ていけと言うようなものだ。

だらしなくて手際が悪くて、アルコール依存すれすれかもしれないが、少なくともぼくが好きなトーストの焼け具合を知っている。夜勤明けの朝十時にセールスの電話がかかってくるときは〝プロフェッサー・モレル〟は取り込み中だとわかっている。

過去のガールフレンドたちが、ポーリーンは食洗機を空にする以外何もせず、散らかしっぱなしで、テレビの有料放送を見ながら、ジェイムズのウイスキーをちびちびやっていると言っていたが、それはすべて事実だ。ただ、五年のつき合いになるが、ジェイムズはただの一度も、歯ブラシや練り歯磨き粉を切らしたり、シャツのアイロンをかけたり、食べるものの心配をしたりすることはなかった。

そういうことはポーリーンがやってくれる。

アイルランド人のポーリーンは、ご多分にもれず話し好きで、そのおしゃべりはジェイムズをいらつかせたが、驚いたことに膝の調子が悪いとき彼女が愚痴をこぼすのを聞くことはなかった。

料理の腕はすばらしく、ポーリーンは自宅で作る料理をすべてジェイムズのために取り分けて、彼の家の冷凍庫に収める。自分や夫のためにチョコレートバーを買うときはジェイムズの分も忘れなかった。彼が午前二時に帰ってくると、キッチンの調理台の上でチョコレートバーが待っている。土曜の夜の救急科でいやな思いをしたり、自殺の対応をしたりしたあとはありがたかった。だが、もっと心に響くものがある。添えられたポーリーンのメモに、くすりとさせるジョークが書いてあるのだ。ポーリーンはいつも我が家に帰った気分にしてくれる。彼女が借りて気に入った映画があれば置いておいてくれる。仕事の緊張がほぐれず、眠れそうにない夜のために。

二年ほど前、ポーリーンが一カ月の休みを取って、夫とクルーズ旅行に出かけたとき、ジェイムズはとたんに思い知った。何をしなくても、ポーリーンは埋め合わせになるだけのことをしてくれている。彼女は来年もまたクルーズ旅行に出かけると言っていて、ジェイムズはそれが今から憂鬱だった。

「どんなお客さま？」ポーリーンは調理台を拭きながら、口実を考えていた。もしまたジェイムズの母親が来るなら、膝が急に痛みだしたことにしよう。

「名前はローナだ」彼の声のぎこちなさに、ポーリーンが布巾を持つ手を止めて顔を上げると、ジェイムズが続けた。「ぼくの元妻だ」

何かが起こっているとはわかっていた。一週間以上も前から、親友のメイが手旗信号のようにほのめかし続けていたけれど、まさかかつてミセス・モレルが存在していたとは夢にも思わなかった。

「あなたの元妻？」ポーリーンは調理台を拭くのをやめ、パンをトースターに入れると、冷蔵庫からハムとチーズを出し、時間をかけてケーパーの瓶を見つけた。「あなたが結婚していたなんて知らなかった」一ダースの卵に向かって言うと、笑みを浮かべて冷蔵庫から離れた。「これは驚いた！」

「ずっと昔のことだ」ジェイムズは新聞を開いて、読んでいるふりをした。「彼女は交通事故に遭って、まだ自宅まで帰れるほど回復していない」

「自宅はどこなの？」

「スコットランドだ。ファイフだよ」

「ファイフ生まれなのね」

「違う」ジェイムズはそっけなく言った。「出身はグラスゴーだ。ここに滞在するのはほんの数日だけど、ぼくの部屋を使ってもらうことにする」

「あなたの部屋？」

ジェイムズは読んでいた星占いから目を上げた。

「彼女は具合が悪いんだ――ぼくの部屋はバスルームがついているから。あそこをきれいにして、客間にぼくが寝られるように準備してくれないか？　ローナはちょっとばかり……」

「ちょっとばかり？」ポーリーンはきき返した。

「細かいことにこだわるんだ」ジェイムズは言った。「きみの電話が鳴っている」

メイからのメールだった。

〈明日は半休なの。午前中にコーヒーでもどう？〉

〈無理よ〉ポーリーンは返信した。〈仕事があるから。来客があるの〉

〈手伝いが必要？〉

ポーリーンは考えた。すぐに元の妻が来るというのに、ジェイムズの部屋のシャワー室はしばらくチェックしていないし、シーツ類も洗濯して取り替えねばならない。トーストサンドにかぶりつくジェイムズを横目に、ポーリーンは返信した。〈お願い〉

メイとポーリーンは長年の親友だ。近くで生まれ育ったものの、出会ったのは、ポーリーンが婦人科病棟の用務員で、メイが看護副主任だったときだ。二人はすぐに友達になり、夫同士も仲よくなった。

面接の途中で、ジェイムズが不規則な生活時間を説明したとき初めて、彼がメイの話に出てくる〝すてきなドクター・ジェイムズ〟だと、ポーリーンは気づいた。隠しておくようにと、直感は告げていた。

同僚の親友とわかったら雇ってもらえないだろうと。

元妻は新しいガールフレンドとはまるで違う。

ポーリーンはジェイムズの母親が来るかのようにせっせとシーツを取り替え、リネンの棚を整理し、カトラリーのひきだしをきれいに拭いた。冷蔵庫の中も片づけ、丸めたタオルに膝を突いて、こびりついた去年のクリスマスのゼリーを溶かそうとまでした。そのとき、花束を手にしたメイが到着した。

「もしジェイムズが急に帰ってきたら……」ポーリーンはそわそわしたが、メイは首を横に振った。

「救急科は今大忙しだから、彼はあと数時間帰ってこないわ。さあ、仕事にかかりましょう」

「来年の今ごろは七つの海を航海中よ」メイがシャワーを出し、ポーリーンはシャワーカーテンを外して水に浸した。「そのことだけを考えましょう」

9

患者は入院中、自分がどれほど重傷なのか実感できていないことが多い。

実生活に戻り、現実を実感することに多く直面して初めて、自分がいかに不健康で痛みを抱えているか思い知る。ローナの場合は、乗降場で車椅子から立ちあがり、かなり車高が低いジェイムズのスポーツカーに乗り込もうとしたときだった。シートベルトさえ自分で締めることができなかった。体をひねってベルトをつかむことも、金具を留めることもできない。ローナにとっては、どちらも改めて考えたことのない単純作業だった。

「ぼくがやる」

ジェイムズが彼女の上に身を乗り出した。彼の肩がローナの目の前に来て、髪が彼女の顔にかかった。彼は昔と違う香りがしたが、大きくて力強く、手際がよくて優しいところは変わっていなかった。

「痛い！」ベルトの圧迫が強く、目に涙が浮かんだ。ローナは大きな赤ん坊になった気分だった。ジェイムズは体を起こして、ローナのベルトを外した。

「ああ、ローナ、すまない」ジェイムズはベルトを引っぱって緩めに留めてから、再び外し、心配そうにローナを見た。「ちょっと待っていてくれ」

彼は救急科へ駆け込み、枕を持って戻ると、ローナにそれを抱えさせ、再びシートベルトを留めた。

病院を出るまででさえこれだった。ジェイムズの家までの五分の道のりにもさまざまな困難が待ち受けていた。まぶしすぎる冬の太陽、対向車線を疾走してくる消防車のうるさいサイレン。ローナは誰にも言っていないが、事故の記憶は戻っていた。コントロールを失ったこと、タイヤのきしむ音、木にぶつかったときの金属の衝突音。今は混雑したロンドンの道路の時速三十キロでさえ、速すぎる気がした。

「もうすぐだ」ジェイムズがちらりとこちらを見た。ローナとしては、そんなことはしないで、道路に目を据えていてほしかった。

ジェイムズの家はイズリントンにあるしゃれたタウンハウスだった。彼に腕を支えられ、ローナはゆっくりと階段を上ったが、中へ入ったときにはすっかり疲れきっていた。

「すてき！」ぴかぴかの家具やあちこちの花瓶に生けられた花に、ローナは目をしばたたいた。昔のジェイムズのイメージとはまるで違う！

「きみのためにサプライズがあるんだ！」ジェイムズはローナが椅子に腰かけるまで待った。

「サプライズ？」

彼は袋を持ちあげてそれを開け、淡いピンク色と緑色のパジャマとドレッシングガウンを取り出した。ほかにも、スリッパ、レギンス、ふわふわのソックスなど、すてきなものがたくさん入っていた。

「こんなにしてくれなくてもいいのに」

「ぼくじゃない」ジェイムズは言った。「メイからなんだ。パジャマは新品だけど、ドレッシングガウンとかほかのものはメイの娘のものだそうだ。今は一年間の旅行に出かけているらしい」

「ありがたいわ」

「メイは感じのいい女性だろう。気もきくし。だいたい――」ジェイムズはとぼけた顔で続けた。かつてジョークを言うとき、いつも見せていた顔だった。「あんなひどいパジャマは見たことがない。それに、だいぶ着古してきただろう」

「あれは三枚パックなのよ」ローナはむっつりと言った。「オレンジ、ピンク、赤ちゃんのうんち色。母のセンスが悪いだけと思いたいけど、きっと、ジェイムズ・モレルがいたから、娘に変な気を起こさないように史上最悪のパジャマを買ってきたのよ」

「ベティとしては大成功か」ジェイムズはにやりとした。「ちゃんと効き目はあったから」

「エリーが来たときは、あれを着るわ。元の妻がここにいることを、彼女が心配するといけないから」

ジェイムズは黙っていた。エリーと別れたことはローナには絶対に言わないつもりだった。言うと、ローナは気にするだろう。せっかく気楽な冗談が出るようになってきたのに、その雰囲気が壊れてしまう。恋人がいるときはほかの女性には目もくれないというぼくの主義を、ローナは知っている。わざわざ混乱を起こす必要はないだろう。ジェイムズは疲れたローナに手を貸して階段を上り、主寝室へと連れていった。彼はポーリーンの仕事時間を増やして、月曜日から大がかりな掃除をさせていた。

「あなたの部屋を奪うわけにはいかないわ」

「専用のトイレとシャワーがある」ジェイムズは言った。「通りの眺めもいいから、退屈しないよ」

「病院の発電機よりはるかにいい眺めね」

「シャワーを浴びたいか？」

「いいえ、結構よ」ローナはかぶりを振った。「今はとにかく眠りたい」

「では、そうしたらいい」ジェイムズがカーテンを引き、部屋は心地よい闇に包まれた。ただあまりに暗いので、彼はサイドライトをつけた。「この部屋は日当たりがいいから、しっかりしたカーテンを買った。夜勤明けで寝ようとするとき、部屋が明るいと最悪だからね」急に気まずさを感じ、ジェイムズはドアへ向かった。「ゆっくりやすんでくれ」

ローナはベッドに潜り込み、まるまる四時間眠った。目が覚めたのは、咳《せき》が出始め、鎮痛剤の効果も薄れてきたからだった。初日にジェイムズがいてくれるのは安心だった。階段を上ってくる音が聞こえて、ドアにノックの音が響いた。彼もうたた寝をしていたのか、寝起きの顔で髪も片側が立っている。

「ほら」彼は昼用の薬と水を差し出した。「ランチの用意をする」

「おなかはすいていないわ」

「空腹かどうかきいてるわけじゃない。ぼくはランチの用意をする。きみは食べたかろうがなかろうが、ランチを食べるんだ」

「わたしには優しくしないといけないのよ」ローナは笑みを浮かべた。「病人なんだから」

ジェイムズは黙り込むしかなかった。本当は喉まで出かかっていた。病気だろうとなかろうと、ぼくは昔からずっときみに優しくしてきた。まっとうに扱おうとしてきた。そうローナに言いたかった。

過去は蒸し返さないという約束さえしていなければ。

10

「胸の音を聞かせてくれないか」

自分の仕事を愛してはいるが、ジェイムズはときどき、その制度にいらだつことがある。昼食のあと、ローナはうとうとし始め、夕方はほとんど眠っていた。ジェイムズの指示に従い、彼が持っていったチキンスープと水を口にすると、ローナはすぐに眠りに戻り、夜中過ぎになって目を覚ました。彼女は咳《せき》をして悲鳴をあげ、また咳をした。この患者は自宅まで車で六時間かかるという問題に関係なく、退院させてはいけない状態だった。素人に彼女の看病を任せるには早すぎる。まして独りでホテルに泊まるなんて。ジェイムズは、看病してくれる者もなく、咳と痛みに苦しみながら横たわる彼女を想像した。だめだ、この患者は病院のベッドにいるべきだ。ジェイムズはどぎまぎしながらローナがボタンを外すのを手伝い、彼女の胸の音を聞いた。

あざはぞっとするほどだった。鎮痛剤の強さには少し面食らったが、このあざを見て納得した。

シートベルトを留めたとき涙ぐんだのも不思議はない。ローナはぼくが知る中で最もタフな女性だ。ほんの一瞬、子宮外妊娠の手術が終わって家に帰った夜を思い出した。痛みがあるはずなのに、黙って隣に横たわるローナは一度もそれを口にしなかった。本当はそのつらさを打ち明けてほしかったのに。

「少し雑音がある……」ジェイムズは聴診器を外した。ローナの体温を測ると、ここ最近に比べて高めだった。せわしなく咳が続き、規則的な深呼吸ができないことと、胸の音から、肺感染症が疑われた。

「再入院したほうがいい」ジェイムズはローナがつ

らそうな表情になるのを見た。「だったら抗生物質を試してみよう。でも、すぐによくならないようなら、病院に戻って胸のレントゲンを撮るべきだ。とにかく、もっと深呼吸と咳をしたほうがいい」

「咳はいやでも出るわ！」

ジェイムズは職場に向かった。夜中に出勤するのは慣れたものだ。彼はメイを見て、ほほ笑んだ。

「呼び出しをしたかしら？」メイがきいた。

「いや。自分の用で、というか、ローナの用で来た。彼女はぼくの家で数日過ごし、回復してからスコットランドに帰ることになった」ジェイムズは話しながら処方箋を書いてメイに渡した。救急科には夜中に投薬できるよう薬剤がそろっている。メイが抗生物質の瓶を出し、彼は容器と注射器と針を手にした。

「筋肉注射をして、うまくすればその後は経口投与で大丈夫だろう。夜勤はどのくらい続くんだ？」

「二週間よ。上級スタッフが全員駆り出されてるわ」メイは舌打ちをした。「今ここでする話じゃないけど、医療スタッフがとにかく不足しているのよ。看護師にかかる負担が大きすぎるわ」

「採用面接をしているところなんだが。今週は新聞広告も増やした。現時点ではそれで精いっぱいだ」

「ねえ、ローナに早くよくなってと伝えて」

「元妻と一緒に働くつもりはないよ、メイ」救急科内を一緒に歩きながら、ジェイムズはほほ笑んだ。

「でも、今は一緒にいるんだから、うまくやっていけるってことでしょう。エリーだってかまわないはずよ。エリーはいい子だもの」

「そうだな」

「エリーに出会えてよかったわね」

ジェイムズは落ち着かない気分で自宅へと車を走らせた。エリーとまだつき合っているふりをするのはこれで今日二度目だ。でも、メイに変に勘ぐられるよりははるかに気が楽だ。ジェイムズは自分を慰めた。ローナに対してはというと……家の中へ入ったときも、まだその答えは出ていなかった。

「痛い！」どこかの知らない看護師からお尻にペニシリン注射を打たれるより、ジェイムズからのほうが、ローナは不思議と恥ずかしくなかった。いかにもジェイムズらしく、事務的そのものだし。

「でも、これがきくんだ。さっきガソリンスタンドに寄って、カシス・コーディアルを買ってきてあげた。きみは水分が足りていないから」二、三分後、ジェイムズはローナの大好きな飲み物を大きなグラスに入れて戻ってきて、たっぷりと飲ませた。

「よし」彼はベッドのわきに座った。「明日は出勤しないといけない。気が進まないよ。正直、きみを独りにするべきじゃないと思うんだ」

「わたしは大丈夫よ」

「いいかい」ジェイムズはさえぎった。午前二時にむだ話をする気にはなれない。「うちの病院は医師不足で悪戦苦闘している。だから、行かなくてはならないが、ほんの五分の距離だ。余裕ができたら帰ってくる。家政婦の女性に二、三時間長くいてもらうつもりだから」目を丸くするローナに、彼はにやりとした。「放っておいて家がこんなにきれいだと思うかい？　いや、ポーリーンがいても、普段はもうちょっとごちゃごちゃしてる。きみが来るとなって大騒ぎだったんだ。ポーリーンはさほどきれい好きってわけでもないから。だが、彼女は優しくて、なんというか……母親みたいな感じなんだ」

「うちの母みたいじゃないことを祈るわ。一番避けたいタイプだもの」ローナはにやりとした。ジェイムズが声をあげて笑い、彼女もつられて笑い声をあげたが、それをきっかけに、また咳が出始めた。

「寝たほうがいい」いったんローナの咳が治まると、ジェイムズは言った。「朝に様子を見に来るけど、きみを起こさないようにする」

「ありがとう」ローナは言った。そしてもう一度繰り返したが、これには別の意味が込められていた。彼がそばにいて、このつらいときに看病してくれることへの感謝だった。「ありがとう」

「どういたしまして」

「いろいろと迷惑をかけてごめんなさい」

「これは我々を試すために神が与えたもうた試練である!」ジェイムズはスコットランド訛《なま》りで言った。ローナの父のものまねなど以前は絶対にできなかったが、ローナが笑いだし、彼はほっとした。

ああ、まったくもって厄介だ。ジェイムズは客用寝室で大の字に寝そべりながら思った。ローナは堅苦しい態度のまま、ほんの数日で出ていくと言い張っているが、とんでもない悩みの種が持ち込まれて、生活が一変してしまったことに変わりはなかった。

11

実際には、ローナがいかにも病人らしくて、気は楽だった。痛み、薬、スープ、咳《せき》。どれもが対処できるものばかりだし、ローナは確実に寝室にこもっている。一日に二度ほど様子を見に行き、ソファでちょっと話をするぐらいだから、病気療養中の親類を家に滞在させているようなものだ。少なくとも、ジェイムズはそう考えて乗りきっていた。

病院に行っていないときでも六時半には起きて、ローナの部屋をのぞき、彼女が安眠していることを確かめてから、軽くランニングをして仕事へ向かう。ほとんどはポーリーンがそばにいるし、帰宅するころには、ローナはたいてい寝ているか寝ようとしているところだった。今のところ問題はないし、二人の間にはしっかりとくさびが打ち込まれている。ここ数日、ランニングから戻ると、ローナが起きていて紅茶がいれてあることがあり、そのときは天候について軽く言葉を交わしてから出勤した。ローナが単なる患者でないのは確かだ。普通、患者を家に連れ帰ったりはしない。二、三日の予定だった滞在は肺感染症が原因で延長された。ローナの症状が峠を越えたのは二週間目に入ってからで、抗生物質の投与は終わり、あざも薄れてきた。顔色が戻り、冗談も言うようにもなった。ローナが急に医師を必要としなくなり、ジェイムズは医師として以外、どうやって彼女に接したらいいかわからなくなった。

　安心して彼女のそばにいられるのは、医師としてだからこそなのだ。

「おはよう」彼がランニングから戻ると、今日は紅茶とトーストが用意されていた。まるでローナが朝、いつもそうしているみたいに。彼女は大きすぎるミントグリーンのパジャマを着て、足にはジェイムズの靴下をはいている。とび色の長い髪はゆったり結んで胸の片側に垂らし、眼鏡を鼻にちょこんとのせている。テーブルには新聞が広げられていた。その瞬間、ジェイムズは気づいた。おはようと声をかけてくる女性はこうあってほしいとずっと思っていた。こんなふうに笑い、おしゃべりをしてほしいと。

　安らぎと興奮をはらんで、くつろぎと気安さの中に、昔と変わらない欲望を感じていた。ローナが欲しくてたまらない。彼女の眼鏡を外し、ベッドへ連れていきたい。結んだ髪を解いて、このままキッチンで彼女と愛し合いたい。ローナを膝に抱き寄せて、あの慣れ親しんだ顔にキスしたい。

　だが、ジェイムズはそうする代わりに腰を下ろしてトーストを食べた。

「今日の予定は？」

「車の保険会社に電話をしないと。あとは、ポーリーンが服を持ってきてくれることになってるわ」

「サイズはきみの倍だろう」ジェイムズは笑った。

「でも、足のサイズは一緒なのよ」

「両親がきみの服を送ってこないのが不思議だな」

「不思議でもないわ」ローナは目をくるりと動かしてから、新聞に視線を戻した。

「きみがここにいるのが不満なんだろう」ジェイムズは思わず言った。「二人はどう言っていた？」

「特には何も」ローナは肩をすくめた。「またわたしに話してこなくなっただけよ」

「また？」

「またよ」ローナはほほ笑み、彼をちらりと見あげた。ちょっとだけのつもりだった。だが、ジェイムズは違う目で彼女を見ていた。昔の彼の目で。ローナは彼から目をそらせないでいる自分に気づいた。頬が燃えるように熱くなった。それでもローナは目をそらせなかった。言葉はひと言も交わさなかった。触れずにキスができるとしたら、彼は今わたしにキスをしている。このまなざしで。互いに何を考えているかわかっている。彼はもう医師ではなく、わたしはもう患者ではない。

そのとき、ポーリーンが騒々しくドアをノックして中へ入ってきた。

「電話で列車の時刻を確かめておくわ」ローナは言った。二人は何もなかったふりをした。本当に何もなかったが、それを知っているのは二人だけだった。

「急がなくていいよ」ジェイムズは何食わぬ顔で肩をすくめたが、頭の中では相反する思いがないまぜになっていた。ローナにこのままいてほしい。でも、なんとか出ていってほしい。ローナ・マクレランとジェイムズ・モレルとではうまくいかないからだ。

二階にある離婚の書類がその証拠だろう。ジェイムズは自分に言い聞かせて、仕事に向かった。

急ぐ必要があるのよ。ジェイムズが出かけてしまうと、ローナは薬を二錠のみ、おなかを押さえてベッドの上で縮こまった。痛みが消えてほしい。月経の中間期にはいつも痛みがひどくて、ピルをのんでいても、一番強い鎮痛剤をのんでいても、痛みを和らげるのが精いっぱいで、すぐに薬を使いきってしまう。病院で出された分はほぼなくなった。バッグに入っていた瓶は、必死で探したけれど見つからない。きっと壊れた車の床に転がっているのだろう。

ジェイムズに頼めばいいだけなのに。腹部の痙攣《けいれん》が治まることを願いながら、ローナは思った。でも、彼に同情の目で見られるのは耐えられない。わたしがどれほど子供を欲しがっていたか、ジェイムズは知っている。彼もすごく子供を欲しがっていた。

五人は欲しいね。結婚初夜、ジェイムズはローナのおなかをなでながら、これはほんの始まりに過ぎないと冗談を言った。

〝あわただしかったわね……〟ローナは信じられなかった。わたしはジェイムズと結婚した。彼からもらった指輪をはめている。ずっと前から愛していた人が、これからの人生を一緒に過ごす人になった。こんなに幸せなことはこれまでになかった。彼も同じ気持ちでいると確かめたい。〝うちの父もひどいわね。あなたに無理強いして――〟

〝ローナ〟ジェイムズが熱いキスでさえぎった。〝今夜はぼくたちの結婚初夜だ。お父さんの話をするのはやめてくれないか？〟

夜、ジェイムズが帰宅すると、眼鏡をかけたローナがリビングでかがみ込んでいた。眉を寄せて一心にペディキュアを塗るローナ。そのあまりに懐かしい光景がさまざまな懐かしい感情をかきたてて、ジェイムズをひどく苦しめた。

「ポーリーンが貸してくれたの！」ローナはにっこ

り笑った。足の指と指の間に丸めた脱脂綿を挟んで、艶やかな十本の爪先を背の低いコーヒーテーブルの上に広げている。「人間に戻れた気分よ！」ジェイムズは一瞥《いちべつ》しただけでキッチンへ向かった。

「よかったね」

父親から化粧を禁じられていたローナは、十一歳のときからペディキュアを始めた。スリッパや靴の中で安全が保たれる、ささやかな抵抗だった。

「電話をかけてグラスゴー行きを調べて、日曜の朝の列車を予約したわ」

「よかったね」ジェイムズは再び言った。こんな暮らしはもう限界だった。過去を思い出すのは耐えられない。ジェイムズはポーリーンが作ったとおぼしきキャセロール料理を取り出した。いや、考えてみれば作ったのはローナかもしれない。ローナがキッチンに立って、新聞紙の上で野菜の皮をむき、そのまま包んで小さく丸めて、ごみ箱に放り込んで……。

「きみがキャセロールを作ったのか？」

「ポーリーンよ！」ローナはリビングから声をあげ、キッチンへ入ってきてジェイムズと並んだ。「わたしは野菜の下ごしらえをしただけ。今日の作業療法よ」その冗談に、ジェイムズは笑わなかった。彼は二人分の夕食を盛りつけながら、懸命に思い出と重ねまいとしていた。まるで昔に戻ったようだ。二人で住んでいた狭いフラットの狭いキッチンに。ローナはいつも念入りに片づけをして、ジェイムズをいらつかせた。カーテンを下ろしたり食器棚を片づけたりなんてしなくていいから、彼女を早くベッドに連れていって、二人で作りあげた小さな島に横たわり、テレビを見て、本を読んで、愛し合って、話をして、本を読んで、また愛し合いたかった。

「おなかがすいてないの？」料理をもてあましぎみのジェイムズを、ローナはいぶかった。

「職場でサンドイッチを食べたんだ」

「昔はそのぐらい平気だったのに」ジェイムズの渋面に気づき、ローナの声は小さくなった。ぎこちない沈黙の中で、二人はなんとか食事を続けた。話したのは、ロンドンの硬水とスコットランドの軟水は味が違うことや、ポーリーンが出し忘れたごみを今夜必ず外に出さなければならないことくらいだった。

「お楽しみがあるのよ！」食事が終わるのを待って、ローナは言った。急に緊張した雰囲気になったことを思うと、さっさと寝たほうがよさそうだったが、寝るのにはうんざりで、話し相手がポーリーンしかいなくて退屈もしていた。何より彼がいなくて一日じゅう寂しかった。ジェイムズは食洗機に食器を入れ終え、ラウンジに戻ってきた。ローナはお気に入りのボードゲームの準備をしていた。「見て、ポーリーンが持ってきてくれたのよ！」

ジェイムズは笑うと同時にうめいた。「また今度にしよう。今日は大変な一日だったんだ」

「だったらリラックスしないと」ローナは笑顔で彼を見あげた。ゲームの準備は万端だった。これで断うたら、最低の男だ。何しろ彼女は病人なのだから。

ローナはジェイムズを負かした。彼自身楽しかったが、失った過去がちらつくことが多すぎた。十時近くになり、ローナが初めてあくびをした。ジェイムズは大喜びで、彼女にもう寝る時間だと告げた。

「ゲームはぼくが片づける」昔はいつもそのことで言い合いになった。ローナは全部きちんと片づけたがり、ジェイムズは早くベッドに向かいたがった。ただ、今夜はそんないさかいは起きなかった。

「放っておいて」ローナは肩をすくめた。「朝までそのままでいいから」

「考え方が変わったんだな」ジェイムズは言った。ふいに夕食のときの緊張感が戻った気がした。過去と現在を比べないようにして、かつてのことを思い出さないようにしなければ。だがジェイムズと違って、ローナは気まずさを感じていないようだった。

「今気づいたの？」ローナは笑顔でおやすみを言い、彼の頬にキスをした。だが、ベッドに潜り込んだ瞬間、ひと晩じゅう浮かべていた彼女の笑みは消えた。

いったい何をしているの？

まるで彼を誘っているみたいに。もちろんわざとではない。お互い立入禁止の相手なのだから。彼もそれはわかっているようだ。日曜に出ていくと告げたとき、返事をした彼の声には安堵《あんど》の響きがあった。

そうよ。あと二泊したら、お礼のカードを出す以外、ジェイムズとは二度と連絡を取らなくなる。きっと、お互いそのほうがいいのよ。

翌朝、ジェイムズはいつにも増して早く仕事に向かった。普段はローナも七時ごろには起きていて、彼が出かける前に軽く言葉を交わすのだが、今朝は玄関扉が閉まる音と車が始動する音が聞こえて、ローナはジェイムズに避けられていると悟った。

実際、ジェイムズはローナを避けていた。

残りふた晩が無限に長く感じられた。そこかしこにローナの香りが漂い、雑誌やマニキュアが転がっている。彼女の笑い声が当たり前のように響き、気がつくと、ジェイムズの暮らしにローナが戻ってきていた。彼はことあるごとに抵抗したが、逃れるすべはなかった。仕事中も、同僚たちから彼女の様子を尋ねられたりして、ローナの名が出てくることがある。彼女が家にいると思っただけで、仕事に集中できない。だが、それもあともう少しだ。今日は遅くまで仕事をしよう。当直室に潜り込んでもいい。ただ、土曜日には服を買いに連れていくと、ローナと約束している。それが片づいたら、仕事に戻って、彼女と会う時間をできるだけ少なくしよう。

日々変化があり、進歩がある。金曜の今日は短時間のシャワーではなく、ポーリーンが浴槽にお湯を張ってくれた。ローナは心地よいバブルバスにつかり髪にコンディショナーをつけ、ジェイムズの剃刀《かみそり》を借りて放置していた部分をきれいにした。

いつもの午後なら疲れてベッドに崩れ落ちてしまうのに、今日は初めて食器棚の中を探索し、ジェイムズが独り暮らしだと確認した。女性用のデオドラントや生理用品の箱以外、エリーを思わせるものはなかった。髪留めひとつない！　ただ、シンクの下にヘアドライヤーが潜んでいて、キッチンには座りやすそうなスツールがあった。その二つを使って、ポーリーンが髪を乾かしてくれた。乾かさないと風邪をひくからと言って。

「いつからジェイムズのところで働いているの？」ローナはきいた。ポーリーンは階段の上り下りのきつさや、ごみ箱のありかも知らない大男のための掃除や、洗濯の大変さをこぼした。

「彼が引っ越してきて二カ月がたったころからよ」ポーリーンは言った。「もう五年以上になるわ。働きやすい雇い主だけど、ときにはちょっと。ジェイムズ自身ではなく……」ポーリーンの声が途切れ、ローナは苦笑いをするしかなかった。

「わたしは彼の元の妻よ、ポーリーン！」

「ジェイムズの散らかしぶりにはときどきいらつくけど、それがいやなわけじゃないの。ただ、ここに来て五分もたたない女に、アイロンをかけろと命令されたり、シャワー室に髪の毛が落ちてると文句を言われたりすると……」ポーリーンはローナの髪を乾かしながら言った。ローナは含み笑いをした。ポーリーンは愛すべき女性だが、もし急にアイロンをかけろと言ったら、どんな顔をするか想像がついた。

「ごく最近の相手はまんざら悪くもないけど」

「エリーね」ジェイムズに恋人がいることはわかっているとポーリーンに知ってもらうため、ローナはことさら明るく言った。

「うーん」ポーリーンの反応は鈍かった。

「エリーのものをあまり見かけないけど」ローナはポーリーンに背中を向けていてよかったと思った。ここ数日気になっていたことを口にするとき、顔が赤くなったからだ。「わたしがここにいることを、エリーが怒っていないといいんだけど」

「彼女はいないことが多いから」ポーリーンはローナの髪に温風を当て、きっちりとブラシをかけた。「出張が多い仕事をしてるのよ。いずれにしろ、エリーは気にしないわよ。ジェイムズが浮気はしないとわかってるから。彼はそういう人じゃないもの」

「そうね」ローナはぐっと感情を抑えた。ポーリーンは正しい。恋人を裏切るなんてこと、ジェイムズは考えもしないでしょうから。

「彼はあらゆる面ですばらしい人よ」ポーリーンは言った。「まあ、わたしが見たところはね。あなたは言いたいことがあるでしょうけど。散らかし屋という点を除けば、本当に優しいし、ハンサムだし、面白いし――セクシーだし」ポーリーンはささやくまねをして言い添え、ローナを笑わせた。その後もローナは髪に当たる温風とポーリーンとのむだ話を楽しみ、答えるべきときは答えたが、心ここにあらずだった。ジェイムズは優しい人だわ。わたしが今ここにいるのがその証拠。ハンサムなのも、面白いのも、セクシーなのも確か。その彼にふさわしいだけのものを、わたしは彼に与えられない。

「いい感じね！」納得するまでドライヤーをかけ、ポーリーンは言った。ローナはスツールから降りた。

「まるでどこも悪くない人みたいに見えるわ」

さすがにそれはお世辞ね。今日のローナはお湯につかっただけでなく、パジャマを卒業して、レギンスとジェイムズのラグビーシャツに着替えていた。帰るときの服は、週末に時間があったら、ジェイムズが買い物に連れていってくれることになっている。

「では、友達の家に泊まるつもり？」ポーリーンはローナをソファに促した。ローナは少し疲れていたので、横になっておしゃべりをするのがありがたかった。ポーリーンは有料テレビをつけ、また一時間の自己啓発番組を見始めた。

「日曜日にここを出ていくわ。友達が賃貸物件を探してくれているの。でも、特別に何かない限り、しばらくは友達の家にいられるわ」

「ご両親は？　回復するまで実家で暮らしたら？」

「両親とはあまりうまくいっていないのよ」

「でも、会ってはいるでしょう？」ポーリーンはテレビ画面で繰り広げられる家族の悲劇から、リビングでの実生活の一場面に目を転じた。

「二、三週間おきに、少なくとも一カ月に一度は会っているわ。実家はグラスゴーだけど、わたしは田舎に住んでいるの」ローナはかすかに笑った。「そのほうがうまくいくのよ」

「関係を修復する努力をするべきだわ。親の代わりはいないんだから」

「関係は修復したのよ」ローナは肩をすくめた。それをポーリーンに話すつもりはないけれど、二、三週間か一カ月に一度帰省して、週に一度電話で話すのは進歩したほうだった。ただ、それはジェイムズの家に滞在していると伝えるまでのことで、伝えたあと、母親がたった一度だけ電話をしてきて、そこを出るようにと声を潜めて迫った。父はかつてずっとそうだったように、電話口に出ることすら拒んだ。

「それで、仕事のほうはどうするの？」

「翌週にはなんとかするわ」ローナはあくび混じりに答えた。「でなくても、その次の週には絶対に」

「ロンドンでは探さないのね？」

「そうね」ローナは疲れた笑みを浮かべた。「計画どおりにはいかなかったから。ジェイムズがいなかったら、どうやって乗りきったかわからない。たぶん、今いるところから動かないのが一番いいんでしょうね。友達がいて支えもあるし」疲れきっていたローナは、横になってぼんやりテレビを見ているうちにうたた寝をしていた。ポーリーンが毛布をかけてくれて、テレビを消して、自宅へ帰っていったのにも気づかなかった。二時間後、ジェイムズが帰宅してローナを見つけたときも、彼女はそのまま心地よく眠っていた。ジェイムズはできるだけ遅くまで残業する予定だったが、ここ数週間は働きすぎだったし、いつもは忙しい救急科が急にすいて、オフィスにたまっていた仕事も片づいた。そこへ、遅番のメイが通りかかり、なぜまだいるのかときいてきた。ジェイムズはちゃんとした言い訳ができなかった。

〝帰りなさい〟メイに叱られた。〝家に着いたとたん呼び戻されそうだけど、今はとにかく帰って〟

タウンハウスへの階段を上っていくと、我が家に帰ってきた気がした。家の中にはローナがいる。とたんに懐かしさに襲われて、ジェイムズは立っていられないくらいだった。テイクアウトの料理を手に中へ入ると、室内は薄暗かった。あまりに細く、あまりに青白いローナが、男物の服を着て、ソファで眠っていた。昔とそっくりの光景を目にして、ジェイムズはもう一度打ちのめされた。

「ただいま！」ローナが身じろぎをしたので、ジェイムズは白いビニール袋を持ちあげた。「途中でタイ料理を買ってきた」

「おいしそう！」ローナはここ数日よりはるかに楽そうに体を起こし、皿を取りに行った。ジェイムズは袋を開けて、料理を盛りつけた。二人はソファに座り、膝の上に皿を置いて食べた。ローナはカシスジュースを飲み、ジェイムズは赤ワインを楽しんだ。ローナはようやく現実世界とのつながりを取り戻した気がした。彼女はジェイムズに、新聞を読んだこと、ニュースを見たこと、友達に電話をして近況を報告したことを話した。

「一日の仕事としては悪くないね」彼はからかった。

「せっかくの金曜の夜をわたしとむだに過ごさなくてもよかったのに」ローナは言った。二人が料理を食べ終えたときはまだ八時半だった。「しないといけないことがたくさんあるでしょう」

「でも、きみは日曜日に帰るんだろう」ジェイムズは肩をすくめた。

「だからって、ベビーシッターはいらないし、あなたの休みはすごく少ないから――エリーと過ごすべきだわ。彼女はどこかへ行ってるの?」ローナはジュースをすすったが、口に含んだままでいたことに、ジェイムズが答えたときに初めて気づいた。

「別れたんだ」彼はひどく軽い口調で言った。

「わたしのせいね」

「きみのせいじゃない。可能性はずっと前からあったんだ」テレビのチャンネルを次々と変えていたジェイムズがふと手を止めた。「ああ、これは……」

ローナの大好きな映画、いや、大好きだった映画だ。ジェイムズも好きだったが、この十年、ビデオショップで見かけるたびに目をそらしてきた。

「久しぶりに見たわ」彼女が言うと、ジェイムズはチャンネルをそのままにしてくれたが、ローナとしては不本意だった。ローナは両親と一緒にテレビを見ていて、セックスシーンが映ったときのことを思い出した。セクシーなキスだけでも母は身をこわばらせ、父は無言でたばこを吸い始める。この映画にセックスシーンはあまりないし、ジェイムズが両親のような反応をするわけもないけれど、離婚したカップルが二人きりで映画を見るのが親密すぎて落ち着かない。だが、それを言うにはもう遅すぎた。腰を下ろした二人は張りつめた緊張の中で、ずっと前から愛し合っているはずなのに、ことあるごとにそれに抵抗する友人同士の映画を眺めた。

ソファの端と端でもローナの髪の香りがする。昔から彼女が髪を洗った夜はいつもわかった。長く濃く豊かな髪の香りが宙に漂う。違うのは、今夜は彼女の香りではなく、彼の家のシャンプーの香りということだ。もうひとつ違うのは、手を伸ばして髪に触れられないことだ。たいした違いではないが。ジエイムズは悲しげにほほ笑んだ。結婚生活の終わりころには彼女の髪に触れることができなくなっていた。ローナの手が伸びてきて彼の手を押しのけるのだ。まるで触れられるだけでぞっとするかのように。

今夜のローナは手を押しのけない。なんとなくそんな気がする。この場には、むっとするようなどこかエロティックな雰囲気が漂っている。二人を隔てているのはほんの数センチの距離と、まる十年の歳月だった。そして今、ローナは泣いていた。

ローナが鼻をすすっている。映画はまだ楽しいところなのに、ローナはいつもここで泣く。このあとどうなるのか、何が起こるかわかっているからだと、ローナは以前そう説明していた。

彼女のことは理解しているつもりだった。だが、何もわかっていなかった。彼はふいにそう気づいた。

「ぼくたちに何があったんだ、ローナ？」

「お願い、やめて、ジェイムズ」ローナは耐えられなかった。花が太陽のほうを向くように、彼のほうを向きたかった。彼の膝の上で体を丸め、髪をなでてもらいながら映画を見たかった。結末など気にせず、彼に抱かれてソファに横たわっていたかった。だが、できなかった。「お願い、その話はやめて」

それでもジェイムズはききたかった。結末がわからないのだ。決定的な口論をした覚えも、別れのセックスをした覚えもない。懸命に思い出そうとしても、最後に愛し合ったときのことを思い出せない。

「きみはただ黙って出ていった」

「ジェイムズ」

「もし話し合えていたら……」

「何か言いたいことでもあったの？」映画が始まってから初めて、琥珀《こはく》色の瞳と彼の目が合った。「逃げ場を失った気分だと、あなたは言ったでしょう。わたしのことは愛していないとも」

「そんなことは言ってない」

「いいえ、言ったわ、ジェイムズ。あなたはわたしが妊娠したから結婚した。そして半年後、その妊娠はなくなった」ローナは立ちあがった。映画がまだ終わっていなくてもかまわなかった。結末ならすでに知っている。いつかこの瞬間が来ると、自分はそれに向き合えないとわかっていた。「疲れたわ」

「ローナ、頼むから……」ジェイムズは立ちあがり、彼女の両腕をつかんだ。触れたその細い腕がこわばるのがわかった。「とにかく話をしたいんだ」

「無理よ」

「わかった」それがルールだった。ローナがよりを戻したいと頼んだわけではない。事情があってこうなったのだ。「何も言わなくていい」彼女の腕を放すのはつらかった。ローナを抱きしめたいと思うのがそんなに間違ったことなのか？「もう寝たほうがいい。明日は買い物に出かけるんだから」

　ローナはうなずき、手の甲で涙を拭った。いつもながらローナはジェイムズを困惑させる。

「おやすみなさい、ジェイムズ」ローナは彼の頬にキスをした。世間ではよくあるキスだが、二人は昨日までそれを避けてきた。ほんのちょっとした、ためらいがちなキスだった。それでもキスはキスだ。甘く切ない接触は危険だった。だが、ローナは急いで寝室へ向かうこともなく、その場に立っていた。

「おやすみ、ローナ」ジェイムズは本気でそう言っていた。今夜は意図した以上に内心をさらしてしまった。エリーとのことを打ち明け、ローナに話し合いを迫った。だが、彼女は拒絶した。赤ん坊を亡くしたあとと同じように。離婚して以降、いっさいの連絡を絶ったのと同じように。それが今、ローナはキスできるほど近くに立っている。もう一度その場所へ戻っていいのかどうかわからない。頬には彼女の唇の感触が残っている。自分の空間に彼女がいるのを感じる。キスをするだけで充分なのかもしれない。それがこの十年間捜し求めてきた結末になるのかもしれない。将来二人のことを思い返すとき、頭に浮かぶのは今この瞬間かもしれない。

　キスして。ローナはそう言うつもりはないし、自分からキスをするつもりもなかった。それでも、体じゅうの細胞がそう叫んでいた。そして、ローナのその叫びは聞き入れられた。ジェイムズの唇が彼女の唇をとらえた。懐かしい唇に触れる喜びがローナに衝撃と慰めをもたらした。スイッチが入ったかのように、すべての神経が躍動した。それは彼以外の男性とのキスでは決して得られないものだった。

　ゆったりとけだるく、互いを味わうようなキス。

　さまざまなタイプのキスを交わしたけれど、これが二人のお気に入りのキスだった。性急な動きはせずに、じっくりと楽しむ。ローナは頬に涙が伝うのを感じた。二人は涙の味がするキスを交わし、互いの息を吸い込んだ。ジェイムズの腕の中は世界一心地よい場所だった。邪魔するものが何もない二人きりの場所だった。二人は同時に体を引いて長々と見つめ合った。ためらい、欲望、後悔。すべてが違う方向を示していたが、選ぶべき安全な道がひとつだけあった。それを先導したのはジェイムズだった。

「おやすみ、ローナ」ジェイムズはローナの頬にキスをして、彼女の体を放した。三秒ほどもかけて、ローナは立ちあがり、くるりと向きを変えた。

「おやすみなさい、ジェイムズ」

12

ジェイムズは男として、よく買い物につき合ってくれたと思う。

ローナはレギンスにラグビーシャツ、ポーリーンから借りたパンプスという組み合わせで、それに比べれば、どんなものでももっとよく見えたかもしれないのに。ローナはさらにスカーフをして、ジェイムズのジャケットまで着ていたが、それはデパートに入って数分で暑くなって脱いでいた。買い物はあっという間に終わった。ローナはジーンズと薄いグレーのセーター、ベージュの柔らかなフラットブーツを買ったが、どれもすてきで、ジェイムズも賛成してくれた。あれこれ雑多なものを入れるために小ぶりな旅行鞄《かばん》も買った。買い物が終わると、二人はフードコートへ行き、コーヒーとケーキを頼んだ。周囲の疲れきったカップルたちとは違って、つまらない言い争いをすることもなかった。

「いつからそんなにこだわりがなくなったんだ？」

「あなたといるときだけよ！」

「そうではなくて……」ジェイムズはあえて説明しなかった。何しろ、そこには触れないように、起きてしまったあのキスを忘れるように、懸命に努力をしてきたのだ。思い出すとしても、ローナが無事に自宅へ帰ってからだ。でも、今の彼女はぼくにしか見えない誘惑的なオーラを漂わせている。生真面目で自制心が強く、とりすましたローナが、ぼくの前では別人になる。そう思うと、ジェイムズはいつも有頂天になった。今見えているローナは、ぼくのそばにいるときだけの、とっておきのローナなのだ。かつての最初のころのローナ。それがまた戻ってきた。二人の間には激しく行き交うエネルギーのようなものがある。今日のローナは最高にすてきだ。格好はへんてこだが、ぼくが見ているのは服ではない。彼女の髪、唇、目、飲み物を持つ手だ。明日が来ればローナはいなくなってしまう。なのに、どうしてぼくの考えはばかげた方向に向かっているんだ？

「きみに提案がある」数分後、彼は切り出した。

「わたしたち、一度試してだめだったでしょう」

「それはよくわかっている」ジェイムズは真顔になった。「今、うちの病院は医師を必要としている。そして、きみは職を必要としている」

「その論理には無理があると思うけど」

「ぼくもそうは思う」ジェイムズはうなずいた。

「でも、ローテーションは残り八週間だけだ。うちのインターンが二人ドロップアウトして、人手がひどく不足してる。あとになっても欠員が埋まる望みはない。今は非常勤医で間に合わせている。きみの体が回復するまで二週間がかかるとして、六週間の勤務を頼みたい。インターンの立場だが、多忙な救急科での経験を積めるだろう。きみの望むところに就職するのは、そのあとでも問題ないはずだ」

「あなたと一緒に働く自信はないわ、ジェイムズ」

ここは正直になるべきよ。「一緒に暮らして、うまくいかなかったじゃない」ローナは表情を曇らせた。

「いやな言いかたをするようだけど」

「いや」ジェイムズはかぶりを振った。「そんなことはない。今は一緒に暮らしていないわけだし」

「幸いに」

「幸いにね。でも、ぼくと一緒に働くといっても、気まずさを感じるひまはないし、ぼくはきみだから選ぶわけじゃない。本当に人手不足なんだ」

「そうなの？」

「ああ」ジェイムズはうなずいた。「まあ確かに、最初は少し気まずいかもしれないが、すぐになんとかなる。だから、考えてくれないか？」

「家に戻ってからね」ローナは同意した。

「病院に出す履歴書をぼくにメールで送ってくれ。正式な応募書類の形にするためだ。それができたら、話を進めよう。きみが望めば働き口はある」

「もしあなたの気が変わったら」ローナは切り出した。「わたしがいなくなったあとで、やっぱり一緒に働くのは無理だと思ったら、ちゃんと言ってね」

「そんなことは言わない」ジェイムズはにやりとした。「言わないでメールにする」

　ジェイムズはお代わりのコーヒーを注文するため再びカウンターへ向かった。ローナは座ったまま、彼の形のいいヒップを眺めた。ジェイムズがカウンターの女性に何か言って笑わせた。広い肩を茶色のスエードのジャケットがぴったり包んでいる。あのたくましい腕の中に戻りたいと、ローナは思った。

　もう一度だけでも。

　手術を受ける前にもう一度だけ、女としての自分を感じたい。六週間だと、手術の予定日直前までになるけれど、それを彼に言うわけにはいかない。

　暑くなり、ローナはラグビーシャツの袖をたくしあげた。先のことは考えまいとしたが、それでは何も変わらない。親友にしか知らせていないその忌まわしい日付が予定表に入っているのだから。

　ロンドンへ移ろうと考えたのはそのためだ。エディンバラやグラスゴーも大都市だが、病院の世界は狭く、決まって友人や家族の知り合いがいる。手術のことは家族に内緒にすると決めていた。

　ジェイムズの提案を受ければ、手術後に再出発するために必要な経験を得ることができる。

　ただ子宮摘出手術を受けるだけよ。ごく簡単な手術でしょう。二、三週間もすれば仕事に復帰できるし、急激な痛みに襲われることのない生活を送れるようになる。ただ、子宮を失うことにはなるけれど。

子供がいれば気持ちは楽だったかもしれない。それでも、乗り越えなければ。おなかの子を失ったときに陥ったブラックホールには二度と陥りたくない。

ジェイムズがコーヒーを手に戻ると、ローナはほほ笑みかけて、一瞬、二人の視線がみだらに絡み合い、ごくりと唾をのみ込んだ。ローナは何とか笑みを浮かべてみせたが、ジェイムズはコーヒーを半分もソーサーにこぼしてしまった。わたしは人生の三分の二をトラブルを避けて人と争わず、波風も立てずに過ごしてきた。彼は残りの三分の一を知らない。

その三分の一で、わたしはブラックホールから抜け出し、両親に立ち向かい、そして、ジェイムズと暮らしていたときにはなりきれなかった女になった。ずっと前からそこにいて自らを主張する機会を待っていた、物事が過ぎ去るのをただ願うのではなく、自力で解決する女に。

「あなたと一緒に働く件だけれど――ひとつ、話し合わないといけない問題があるの」

そう、今がそのときよ。悔いのない人生を送るチャンス。今言わなければ、きっと後悔する。ローナはそんな自分の姿が見える気がした。手術前にストレッチャーに横たわって、二人で買い物に出かけたあの日に勇気を出せばよかったと後悔する姿が。ひと晩だけでいい。それが前に進む励みになる。

勇気を出すのよ。

「言ったとおり、最初は気まずいかもしれない」

「気まずさをぐっと減らすために……」ローナは持っていたコーヒーのカップを、ソーサーに戻した。「わたしたち、わだかまりを解くべきだと思う」

「話し合うってことか?」ローナが首を横に振り、ジェイムズは眉を寄せた。

「話し合いじゃないわ。わたしたち、急に気まずくなったでしょう」ローナの声がかすれた。「あのキスのせいで……」ジェイムズが固唾《かたず》をのむのがわかった。黙り込んではいても、話は聞いているようだった。「わたしが何を言おうとしてるかわかる？」

「たぶん」ジェイムズは彼女を見つめた。ローナは心まで見透かされている気がした。二人はテーブルの下で互いの膝が触れ合わないようにしていた。動かすまいとするあまり、脚が震えてくるほどだった。

「わたしたち、うまくいかなかったわよね……」ローナはジェイムズがうなずくのを待った。「二度と元には戻れないわ」

「わかっている」彼女の言うとおりだと、ジェイムズは自分に言い聞かせたが、心がなかなか従わなかった。それでも、繰り返した口論や心に残る傷、互いに突き落とされた奈落の底を思い返し、しばらく考えた後、彼の心は渋々事実を受け入れた。

「でも」ローナは深呼吸をした。

「でも？」狭すぎるテーブルの下でほんのかすかな触れ合いがあった。二人はびくりともせず、ことさらにじっとしていた。そして無言のまま、揺らぐ天《てん》秤《びん》が再びゆっくり止まるのを待った。

「いいこともあったわね」どんな顔をして彼を見たらいいのかわからない。それでもローナはなんとか彼のほうに目を向けた。ジェイムズの頬がかすかにひくつくのがわかった。膝と膝の触れ合いがほんの少し増えた。彼の膝に手を当て、引き締まった腿をたどりたい。言葉など捨て去って。でも、言葉は必要だわ。これは大切なことだから、うやむやに始めてはいけない。というか、終わりをうやむやにしてはいけない。「よくないこともたくさんあったけれど」二人のすばらしいセックスははかなく消えていった。親密な時間はどんどん減っていき、ジェイムズの勤務がなくて、ローナが本に熱中したり勉強したりしていない土曜日と誕生日だけになり、義務的なセックスになった。「問題なのは」ローナはかすれた声で言った。「最後に二人で過ごしたときの記憶があいまいで、ずっと残念に思っていたことよ」

「最後のとき？」ジェイムズはきいた。

「そうよ」ローナはうなずいた。

ジェイムズが目を見開いた。その表情から、彼も同じことを思っていたのだと、ローナは悟った。

「ぼくも覚えていない」

「他のときはいくらでも思い出せるのに」ローナは慎重に言った。「何度もすばらしい時間を過ごした。ただ、最後のときだけが思い出せなくて、思い出せたらいいのにとときどき思う」

「ぼくもだ」

「改めて最後のときを過ごしてみるのもいいんじゃないかしら」

何週間も森の中を放浪し、ジェイムズは突然ここに行き着いた。ただ、見つけたのはお菓子の家ではなく、赤毛の女性だった。再び、ただ一度だけ彼女を味わうことができる。二人が這《は》い出してきた奈落の底ではなく、最高の状態で終わりを迎えられる。

「そうすれば、きちんとさよならが言える。それでけじめになるのよ、ジェイムズ。わたしがロンドンへ来て働くなら、過去は過去として……」

「そうするべきだと思う、ローナ。同じ思いは二度としたくないから」

「そうね」ジェイムズにまたつらい思いはさせられない。彼ほどの男に、子供の産めないこのわたしはとうていふさわしくない。そのうえ、手術のあとにはどっぷりと鬱状態になるはずだから。

二度と彼につらい思いはさせないと、ここで誓う。わたし自身のためにも。だいたい、今はもう二十一世紀で、かつての恋人同士だろうと友達同士だろうと、こんなのはよくあることなのよ。それに、わたしが誘っているのはジェイムズで、ずっとわたしを支えてくれて、一緒にいてわたしが本当のわたしでいられるただ一人の男性なのだから。

よくも悪くも。

「一夜限りよ」期待で体が熱くなった。ローナはすぐにでもここを出たくてたまらなくなった。「ただ一度だけのすてきな夜にしましょう」

「あとで思い出として振り返れるように」ジェイムズは声をあげて笑い、ローナも昔のままにいたずらっぽくほほ笑んだ。彼はローナが何か考えつくより先に、心を読めることがある。まるで二人が一人の人間で、同じ考えを共有しているかのように。

「写真はなしよ！」ローナは震えあがるふりをした。「わたしをどんな女だと思っているの？」

そのときは楽しくて気のきいた提案に思えたが、店を出て、駐車場へ向かううち、愚かなことをしたような気がしてきて、ローナはひどく落ち着かなくなった。ジェイムズにすばらしいセックスの夜をと提案しておきながら、その役目が自分に務まるか急に不安になった。車に着いたとき、彼がその不安に答えを与えてくれた。ジェイムズはドアを開けるひまもなく、いきなり彼女を抱いてドアに押しつけて、激しいキスをした。そんなときでも、彼は変わらず紳士らしくローナの胸の傷を気遣い、両腕で抱えるようにして彼女の体を支えた。ローナは彼の上着の下に入り込んで、肌に触れたいと思った。こんなことをしていたら車で帰れなくなってしまう。せっぱつまってホテルに駆け込むか、昔一度あったみたいに、ジェイムズがハンドルを握れる状態ではなくなって、タクシーを呼ぶはめになってしまう。

「最高の女性だと思っている」ジェイムズはキスの合間に答えた。それまで夢中で気づかなかった他の買い物客の目を、彼はようやく意識した。そして、しかたなくキスをやめ、ローナを車に押し込み、家へと連れて帰った。

13

再会のセックスで困るのは、相手の好みがよくわかっていることね。二人は互いの顔にキスの雨を降らせながら、倒れ込むように玄関を抜けた。あわただしく家へと戻る車の中で、ローナは思った。浴槽にお湯を張ったり、ゆったりと穏やかなセックスを楽しむことはまずないでしょうね。駐車場に車を止めたあと、ハンドブレーキを引くのを忘れるほどだったジェイムズに、ローナは言った。あわてないで、夜はまだ長いのだから、と。

彼のキスを受けながら玄関ホールへ入ったローナは、避妊具のことを考えた。ジェイムズのようなナイスガイは、万一に備えて携帯して、財布からぱっと取り出すなんてことはしない。以前バスルームの中をあさったときに見たので、置いてある場所はわかる。ただ、急に階段がエベレスト山のように見えて、酸素レベルが下がったような気がした。ジェイムズはジャケットを脱ぐと、ローナからラグビーシャツをはぎ取った。ローナは靴を蹴って脱いだ。

階段を上ろうとして、ローナはがっくりと膝を突いた。二人が通ったあとには服が散らばっていた。

「ああ、ローナ」

ジェイムズは彼女のブラを外し、胸のふくらみをとらえてキスをした。ローナは昔からいやがっていたが、彼は小さな胸が大好きだった。どちらにしようか悩むまでもなく、彼は両方をむさぼった。彼の口の中で、指の下で、小さなつぼみがふくらんでいく。彼のシャツはいつの間にか脱げていた。ローナは彼の両肩に手を這《は》わせてから、脇の下へとなでおろした。唇で広い肩をたどりながら、胸や背中の骨格をひとつひとつ確かめるように長くひんやりした指を滑らせていく。ローナの指が、唇が、肌が、彼の体になじむまで何秒もかからなかった。ローナがジェイムズのベルトにたどり着かなければ、二人は階段を上れていたかもしれない。ローナは重い革のベルトと格闘し、彼のズボンを下ろそうとした。ひざまずいていると動きにくいのか、ジェイムズは立ちあがってズボンを脱いだ。ローナは階段を上ろうとして彼に足首をつかまれ、上るのをあきらめた。

ジェイムズは階段の四段下から彼女に深く激しいキスを始めた。ローナは両脚で彼の頭を包み込み、柔らかな髪をつかんだ。彼の太い両腕がローナのヒップを支え、両手でウエストをつかんだ。ローナは涙が止まらなかった。ジェイムズの名を呼び続け、彼もローナの名を呼んでいた。彼はローナの内に埋もれる感情をすべて揺さぶり、むき出しにした。罪悪感や羞恥心を奪い、消し去った。このすばらしい男がこんなにも強くわたしを求めている。きっとすばらしいものになる。ジェイムズとならきっと。

そして、わたしは彼を一生忘れられなくなる。

彼のうめき声が聞こえて、ローナは自分が気づかないうちに絶頂に近づいていることを悟った。ジェイムズはローナの体を彼女自身よりよく知っている。ローナは彼を自分の中に迎え入れたかった。独りで昇りつめたくない。彼女はジェイムズの頭に手を回し、自分と同じ高さまで彼を引きあげた。

「ピルはのんでるか？」酔ったように見えるほどうるんで、みだらに輝くジェイムズの瞳は、彼女の内に甘美な興奮をかきたてた。夢うつつのような状態で、彼は懸命に現実の問題に対処しようとしていた。幸い、その問題はローナがすでに解決していた。

「ええ！」

ピルはのんでいる。大量にのんでいるけれど、ローナは今日彼が知る必要のあることだけを話した。

「大丈夫！」ローナは懇願した。「大丈夫よ！」ジェイムズが身を沈めてくると、ローナはすすり泣き、きつく包み込んで彼を迎え入れた。甘く狂おしい解放と同時にジェイムズはうなり声をあげた。彼はローナを、すべてをかき消す白熱の世界へと連れていった。そして、誰もが何も邪魔をしない二人だけの小さな島へと彼女を連れて帰ってくれた。

「最高だ」ジェイムズはローナにキスをした。どう名づけていいかわからないそのキスには、優しさと後悔が、そして、うまく言い表せない何かがにじんでいた。だがローナは、その何かをこれから解き明かすことになる。

夜は二人だけのものだった。ジェイムズとローナは寝室へ行き、ドアを閉めて、何もかもを締め出して、二人きりでゆっくりと別れのキスを交わした。

14

「お昼までしかいられないのよ」翌日の月曜日の朝、ポーリーンは悲惨な状況のキッチンを見まわした。マグとシャンパングラスが散らばり、熱狂のあとの残り香が漂っている。今のジェイムズの姿からは想像もつかないけれど。彼はきれいに髭《ひげ》を剃《そ》り、アイロンにすごく手間のかかるあの迷惑なリネンのシャツを着て、新聞を読みながらトーストを食べていた。

「かまわないよ」

「全部は片づけられそうにないわ」ポーリーンは居間のほうに頭を突き出した。あいにくその部屋は家の中で唯一片づいていた。十一時から見たいテレビ番組があるので、今日は居間を片づけようと思っていたのに。でも、ジェイムズの部屋なら有料テレビが見られる。「キッチンのあとはあなたの寝室ね。ローナが帰ったから、大掃除をするわ」

「いや……」ジェイムズは立ちあがり、鍵束を探した。「寝室はそのままにしておいてくれ。ゆうべ納税申告書を作り始めて、そこらじゅうに書類が散らばっている。だから、中に入らないでくれ」ポーリーンに笑顔を向けた。「領収書が山積みだから」

　仕事が忙しくてローナのことを考えずにすみ、かえってよかった。ジェイムズはあわただしい救急科のリズムにどっぷりつかっていた。午前八時四十五分までは自転車に乗っていてタクシーにはねられた患者のおかげで乗りきった。ジョギング中に膝蓋骨《しつがいこつ》を脱臼した患者はすぐに終わってしまった。そこまでで午前九時。あとは病院の経営会議があった。ジェイムズは集中しようとしたが、貧乏揺すりが止まらず、最高経営責任者《CEO》の質問を何度もきき返した。

「わたしは質問を繰り返すのではなく」ブレント・ギラードは厳しい声で言った。「ここ数週間の救急科での大幅な遅れについて話していたのだが」

「医師が二名抜けたんですよ」ジェイムズは言い返した。「通常はインターンがすることを専門医と臨床研修医がこなしている状態です」

「代診を入れたはずだ」ブレントは冷たく言った。

「まるで別物です」ジェイムズは鋭い口調で言った。「彼らはまず現場に慣れる必要がある。点滴スタンドや腱《けん》反射に使うハンマーのありかも知らない。ポケベルの使い方もわからない……まだあります」

「もう結構」ブレントは言った。「とにかく待ち時間を短くしてくれ」

　ジェイムズは不機嫌なままオフィスへ戻った。よりによってそんなときに、メイが彼を追ってきた。

「間が悪くてもかまわないわ！」メイはドアを勢い

よく閉めた。不機嫌なジェイムズはメイのほうを見ようともしない。何かひどいことを言ってしまいそうだった。彼がメールに目を通していると、メイがわめいた。「また別の非常勤医が入ってるんだけど、休憩中に呼び出したからって、うちの看護師をどなるのよ。ジェイムズ、もう限界よ。何とかして」

「このままにはしないさ」ジェイムズは大好きな看護師を見あげた。「ぼくが辞める！」

「だめよ、ジェイムズ！」メイは身震いした。

「いや、冗談だよ！」

「悪い子ね」

「ディーン・ヘイズを覚えているか？」

「あのひどいふけ症の？」メイは顔をしかめた。

「その彼だ」ジェイムズはうなずいた。「二カ月後にヨーロッパへ行く予定なんだが、メールでシフトにあきがないかきいてきた」

「彼はいいわね」メイは少しだけ機嫌を直した。

「他にはローナだ」ジェイムズは咳《せき》払いをした。「履歴書が届いた。彼女は二週間後から働ける。過酷な勤務は無理だが、頭も切れるし、人柄もいい」

「彼女は一般開業医よね？」

「そうだ。彼女は田舎の地域医療を担っていたから、どんな分野でも充分に対応できる。ただ、症例数の面では難があるようだが」

「それはすぐに解決するわ」

「非常勤医には、ぼくが行って話をする」

「よかった！」メイは最高の笑顔を彼に向けた。

「ディーンにメールをして、仕事をどっさり頼もう」ジェイムズは肩をすくめた。「経営陣に連絡して、ローナと電話面接をしたと伝えるよ。看護スタッフがずっと大変だったのはわかってる」

「よい方向に向かいそうね」メイはほほ笑んだ。「みんなに知らせてあげたら、わたしは帰るわ」

「まだ昼だよ」

「あら、でも、わたしは古い契約で働いているの」メイはにやりとした。「おかげで半休があるのよ」

　そうするうちに昼になったが、ジェイムズはとにかく家へ帰りたかった。帰ってローナとの思い出に浸りたい。後ろでポーリーンが掃除をしていてもかまわない。ポーリーンにはずっと前から遠慮がなくなっている。ポーリーンが帰ったあとで、回収したイヤリングやブラがきちんと積みあげられていても、気恥ずかしさは感じない。食洗機から食器を出しているところにかわいい見慣れないものが混じっていて、ポーリーンが口をつぐむのも気にならなかった。

　ジェイムズは部屋をローナが出ていったときのままにしておきたかった。ベッドに残る彼女の香りやバスルームの床に落ちている長いとび色の髪を、もう少しだけそのままにしておきたかった。ローナのことを忘れられるときが来るまで。もう一度。

15

「納税申告書？」メイはランニングマシンの傾斜を下げ、平らな面を時速三キロで歩いていた。「ジェイムズがこの時期に納税申告書を作ってるの？」

「書類が散らばっている」ポーリーンは息を切らしながらも、まだ斜面を上っていた。「らしいわ」

「らしい？」

「領収書が山積みだから、ドアを開けるなって」

　二人の会話がしばらく途絶えた。最初は呼吸を整えるために、それから、胸筋を鍛えているハンサムな若者をじっくり観察するために。

「わたし、ローナにお別れを言おうとして立ち寄ったの」ポーリーンは言った。十五分後、ワークアウトを終えた二人はクロワッサンとカプチーノを自分たちへのごほうびにしていた。「彼女が帰る前に会いたかったけど、さすがに二人の邪魔をする気にはなれなくて。だって、二人は彼の寝室にいたのよ」

「彼の寝室に？」

「彼女、泣いてたわ」ポーリーンは言った。階段の手すりに引っかかっていた下着や寝室から聞こえた物音のことは慎み深く黙っていた。「彼の寝室だけど、ローナがいる間は彼女が使っていたのよ」

「なるほどね。それで、彼女は泣いていたのね？」

「すすり泣きって感じね」ポーリーンは口をすぼめ、メイと視線を合わせた。「あの声を聞いたら、どんな冷たい心だって砕かれるわ。彼があの場にいてよかった。もちろん、彼女を慰めるために」

「かわいそうに」メイは舌打ちをして続けた。「言ったかしら、彼女、戻ってくるのよ」

16

彼女はただの同僚だ。

ローナの履歴書に目を通しながら、ジェイムズは何度も繰り返し自分に言い聞かせた。

だが、元妻であるのも確かだ。ジェイムズは自分を納得させ、さらに念入りに履歴書を読み、隅々まですべて頭に刻み込んだ。

関心を持つのは当然のことだ。

ローナは臓器提供の登録をしていて、趣味は水泳、テニス、トライアスロンということだった。

嘘《うそ》だろう。趣味については異論があったが、ジェイムズはすぐに履歴書を経営陣に回し、ローナ宛てに〝読書、読書、読書〟という件名でメールを送った。意味は伝わるはずだ。記憶にある限り、ローナが没頭していた趣味といえば読書しかない。そのあと、ジェイムズは腰を据えて、過去から現在へと至るローナの履歴をじっくりと眺めた。

セキュリティ・チェックをパスすると、ローナの新しいロンドンでの住所が出てきた。つまり彼女はすでにロンドンにいるということだ。次は資格証明書の確認だった。

時間のかかる手続きだが、ジェイムズは慣れたものだった。やがて分厚い封筒が届いたが、それは彼が開封できないものだった。封印されたローナの健康診断書はそのまま経営陣に渡さねばならない。その中には彼女の既往歴が記されている。子宮外妊娠がローナの記録にはあって、ジェイムズの記録にはないことが彼には不満だった。彼も同じくらい苦しんだのだが、そうは見なされないらしい。

だが、本当につらかった。

ぼくは彼女に同意書に署名するように言った。正直、最後にはローナにいらついていた。ジェイムズは苦々しく思い返した。彼女にきつい態度をとるしかなかったのだ。臨床研修医にわきへ呼ばれて言われた。赤ん坊が助かる見込みはない。もし遅れれば、卵管が破裂する。もちろんすぐに対処するが、重大なリスクを伴うと。

〝いいから署名するんだ、ローナ〟十年たった今でも、避けられない運命を受け入れるよう迫ったときのローナの表情が忘れられない。悲しみ、苦痛、信頼、嫌悪。ローナは震える手でぼくからペンを受け取った。五分ほどして、彼女は手術室に運ばれ、ぼくは待合室で時計を見つめながら待った。心のどこかに不吉な予感を抱えていた。

赤ん坊を失うことはわかっていた。だが、失ったのは赤ん坊だけではなかった。手術後にローナが戻ってきたとき、不安が確かなものになった。彼女はぼくの手を払い、くるりと横を向いてカーテンのほうを見ていた。残酷なことに婦人科病棟は改修中で、ローナは赤ん坊の泣き声が夜も聞こえる産科病棟から、廊下ひとつ隔てただけの病室に入った。

〝ローナ、何か言ってくれ〟繰り返し何度もそう言った。家に帰れば状況は改善するかと期待したが、だめだった。まるで、にぎやかなパーティが終わって目を覚ますと、見知らぬ者同士がそこにいた感じだった。二人を結びつけるものは混乱とみじめな思いだけだった。

それでも、医師としての特権はあった。

特権と呼べるかどうかはわからないが。

ジェイムズは検査室へと送られた〝POC〟とラベルが貼られた、小さな容器の検査データを呼び出すことができた。ベッドに潜り込んで、やせこけてこわばったローナの体を抱きしめて、ぬくもりを吹き込もうとしたことは今でも覚えている。彼女を抱き寄せて、一緒に泣きたかった。

だが、ローナは別の場所にいた。

暗く孤独な場所にいて、ジェイムズが隣に並ぶことを拒んでいた。

だが、彼もまた孤独だった。孤独を噛《か》みしめ、行き場のない怒りを抱えていた。

小さな〝受胎生成物《POC》〟と呼ばれた、二人の間の赤ん坊は女の子だった。ローナとぼくの娘だ。そのことはローナには黙っていた。知らずにいたほうがつらくないからだ。

ぼくは娘を亡くした。

リリーを。リリー・モレル。女の子が生まれたらと、二人で決めていた名前だった。

日々、四六時中というわけではないが、十年たった今でもまだ、ジェイムズは亡くした娘を思っていた。琥珀《こはく》色の瞳に髪はブルネット、それとも、緑色の瞳に赤い髪、いや、黒い瞳に黒い髪か。完成することのなかった遺伝子と個性のパズル。運命が二人に与えたカードを、つかの間味わった父性を、ジェイムズは今も悲しく思い返す。

ジェイムズは封筒を分類棚に押し込み、経営陣の誰かに向けて送った。男は気楽だなんて、いったい誰が言ったんだ？

17

「やあ」

ジェイムズとローナは彼女が仕事を始める前日に会って、コーヒーを飲んだ。二人は絶妙な距離をおいてソファに座った。膝を突き合わせることもなく、今回はあまり気まずい思いをせずにすんだ。

「とても元気そうだ」実際、ローナは調子がよく、体重も少し増えた。まだやせすぎで顔色も青白いが、快活さがあり、コーヒーを受け取って、ゆっくりと飲むさまには健康な雰囲気が漂っていた。

「自分でもそう感じるわ」ローナはほほ笑んだ。

「でも、あと一週間休みが欲しい。健康面の問題ではなく、とにかく忙しくて。住むところを見つけたり、倉庫から荷物を出して運び入れたり」

「いろいろあるんだな」ジェイムズはからかった。

「いろいろあるわよ」そう言ったあとで、ローナは少しだけ事実を認めた。「わたし、不安なの」

「わかるよ」

「わたしだって患者を治療することはできる。その資格も能力もある。問題は患者の数なのよ」

「その分スタッフの数も多い。きみが一人になることは絶対にない。二十四時間、臨床研修医が必ず出ている。夜でも多くの場合、専門医がいる。ぼくがどれだけ呼び出されていたか見ただろう。週末ぐらいには慣れて、きみもベテランの仲間入りだよ」

「どうかしら」自信のなさを告白しているのが職場の上司だということもかまわず、ローナは言った。だって、上司がたまたまジェイムズなのだから。

「あなたの同僚はどんな反応をすると思う？　わたしがあなたの元妻だとみんな知ってるんでしょう」

「みんな興味津々だろうね」ジェイムズは認めた。

「それと、臨床研修医のアビーはちょっとよそよそしいかもしれない。彼女はぼくに気があるから」

「多くの女性がそうでしょう」ローナはほほ笑んだ。今はそれを笑うことができる。つき合い始めたころや結婚していたときは不安だった。自分が女性に与える影響にほとんど気づかないジェイムズのことが、なかなか理解できなかった。彼がアビーの気持ちに気づいたということは、よほどのことだろう。

「アビーとデートはしたの？」ローナはきいた。詮索するつもりはないけれど、備えあれば憂いなしで、臨床研修医に嫉妬されるのは避けたかった。

「いや」ジェイムズは首を横に振った。「職場の同僚とは絶対に出かけない」

「絶対に？」ローナはきき返した。わたしとつき合う前、ジェイムズには常につき合っている相手がいたけれど。「いつから？」

「きみとのことで懲りたんだ」

「今回、あなたとしては、やりにくくなるわね」ローナはひるんだが、彼は肩をすくめただけだった。

「そんなことはないさ。お互いが気まずくない限り。それに……」ジェイムズは咳《せき》払いをした。落ち着かない様子がローナには見て取れた。「私生活のことはあまり同僚に話さないんだ。ぼくの私生活が噂《うわさ》の種になっているとしたら、かえってよかった。エリーと別れたことは公表していないから」

ローナは眉を寄せた。

「つまり……」ジェイムズの耳のあたりが少し赤らんだ。「きみが一緒に働いてもエリーが気にしないなら、きみとぼくとの間には本当に何もないんだと、みんな思うだろう。もちろん何もないし！」

「もちろん」ローナも言った。本当に何もない。

ジェイムズがコーヒー代を払い、今回は何の意図も含みもなく互いの頬にキスをした。二人は今や友人なのだ。それも仲のいい友人だ。

ぼくたちはもう別れている。ジェイムズは自分に言い聞かせた。黒いロングブーツを履き、たっぷりとした薄茶色のコートを羽織ったローナが、足早に通りを進んでいく。ちゃんと自分の服を身につけた姿はとても美しかった。二人は可能な限り最良の方法で別れて、わだかまりを吹き飛ばした。ぼくの頭の中はまだもやもやしてはいるが。

当然ながら、救急科内には巨大な好奇心のうねりが巻き起こった。

ジェイムズ・モレルの元妻がここに働きに来ている。最初の二週間はシフトが変わるたび、異様な好奇心がローナを待ち受けていた。二人は元の鞘《さや》に収まったのだと、スタッフたちは確信していた。さらに、ジェイムズの元妻なら、かなり華やかな女性だろうとも。だが、その噂はすぐに打ち消された。

灰色かくすんだ茶色のスーツ、鼻の上にちょこんとのせた眼鏡、細すぎる脚を包む厚手のタイツ、後ろで束ねた髪。ローナは産科のカルテの誤りには神経質で、若いスタッフたちをひどくいらだたせた。

「彼女って最悪」ローナが指示を書くのを待つ間、ショーナが言った。細かい手書きのメモのせいで、すべてが遅れていた。「全然わかってないんだから」

「何がわかってないの？」メイは顔をしかめた。

「あまりにも遅いのよ」ショーナがため息をついた。

「何でも再確認。わたしたちがすることにまで！」

「とにかく不器用なのよ」ラヴィニアが賛同した。

「強迫観念に取りつかれてる感じ」

そのとおりだった。不採用にした他の病院は正しかったのかもしれない。最初の二週間、ローナは何度も思った。考えなければならないことがたくさんあって、覚えなければならない名前もたくさんあったが、なじみの顔はほとんどない。感じのいいアイルランド人看護師のメイ、そして、ジェイムズ。ジェイムズのそばにいるのはひどく気まずかった。救急科じゅうが二人を観察しているのがわかるので、ジェイムズのことは疫病のように避けていたが、もちろん完全には避けられない。ローナは震える自分の手を見つめ、暴れる酔っ払いに点滴針を刺そうとした。やはり、血管を外してしまった。

ローナは患者から罵倒されたが、ジェイムズは代わろうとしなかった。ここではそれは当然のことだが、ジェイムズは毎朝子供を学校に送り出す心配性の親の気分だった。さしずめローナは学校になじめずに登校を渋る子供といったところだが、ジェイムズは何も心配していないふりをしていた。彼女を助けてはいけない。代わりにしてやってはだめだ。心配している様子も彼女には見せられない。ジェイムズにできるのは、誰にもわからないように勤務表をいじって、いつもローナがメイと一緒になるようにしておき、息をひそめて見守るだけだった。

「誕生日おめでとう！」ジェイムズはローナの頬にキスをした。スペイン風のタパス・バーに入ってきた彼女は、狭いテーブルの彼の隣に並んで座った。

「どうもありがとう！」ローナはうなった。「信じられないわ。誕生日なのに夜勤を入れるなんて」

「特別扱いはしないと合意したはずだ」ジェイムズはにやりとした。「それに、今日は夜勤はなしにしてくれとは頼まれていなかった」

みんなが見ているので、職場では話ができないが、お互いの家に行くのは抵抗がある。二人はローナが夜勤の日、シフトの前に夕食をともにした。それがたまたま彼女の誕生日だったのだ。

その日が誕生日だったのを忘れていたと嘘《うそ》をつくこともできたが、すぐにばれてしまうだろう。確かに、シフト表を打ち込むジェイムズの手はキーボードの上で躊躇《ちゅうちょ》していた。ローナがロンドンに独り暮らしで、その日が彼女の誕生日なら、いずれにしろ彼女をデートに誘うようになるのだから。

結局、ジェイムズはローナを誘っていた。彼はオンコール中なので、ソフトドリンクを注文した。これから出勤するローナも、レモネードを選んだ。ただ夕食を食べるだけで、彼女は九時から仕事なのだから、何の危険もないはずだ。

「ほら」ジェイムズは小さな包みを彼女に差し出した。元夫が元妻の誕生日にいったい何をくれるのだろうと、ローナはいぶかりながら受け取った。

「眼鏡のチェーン？」

「いつも眼鏡を探してるだろう」

「でも、お年寄りが使うものよね。職場の人たちはもう充分わたしをやぼったいと思ってるのに」

「似合うと思うがね」ジェイムズは肩をすくめた。

「いつから司書フェチになったの？」ローナはそこ

で黙り込み、二人は飲み物をぐいとあおった。うっかりすると、すぐに思い出話になってしまう。二人は料理を注文し、仕事の話はしないことに決めたが、体にも触れず、過去にも触れてはいけないとなると、適当な話題が見つからなかった。

「ポーリーンは元気？」

「ああ、今はタイ料理を習っている」ジェイムズはため息をついた。「ぼくも昔は好きだったが」

ここで、この話題も終わってしまった。

「自動車の保険はどうした？」

「全部片づいたわ」ローナは明るく言った。「ここにいると、車はあまり必要ないし」

「でも、家に帰るには車のほうがいいだろう」

「地下鉄に乗るつもりよ」ローナのその言葉で、会話は完全に止まってしまった。

「うまくいかないよ、ローナ」長い沈黙の後、ジェイムズは言った。ローナの青白い頬がさっと紅潮するのを見て、自分が言っていることを彼女が理解しているのがわかった。「別れのセックスは考えかたとしては正しいし、うまくいく連中もいるかもしれないが、ぼくにとってはただ、ぼくたちがどれだけ相性がよかったか再確認しただけだった。それに」彼は言い添えた。「ぼくはセックスのことだけを言っているわけじゃない」

「わかってる」ローナの鼻の先が赤くなった。泣きだしそうなときにはいつもそうなる。

「ぼくたちはちゃんとデートをしたことがなかった。一度もこんなふうに……」

「わかってる」ローナは親指で鼻梁《びりょう》を押した。自分のほうを向いてほしいと、ジェイムズは思った。

「うまくいかないわ……」ローナは首を横に振った。

「一緒に働いていたら」

「そのとおりだ」ジェイムズはうなずいた。「でも、今の勤務が終わって、きみがロンドンで職につけば

「……」

「無理よ、わたしたちには」

「ローナ！」ジェイムズはいらだっていた。「ぼくたちはお互いに夢中じゃないか。確かに、きみの両親には不愉快かもしれないが――」

「うちの両親は関係ないわ」ローナはさえぎった。「わたしをあのころと同じだと思うのはやめて」

「だったら、何だ？」ジェイムズは詰問した。「ぼくたちがやり直す妨げになるのは何なんだ？」

「やり直してもうまくいかないわ」

「きみがぼくと話そうとしないからだろう。きみはぼくを拒絶することを選んだ」

「わたしは赤ちゃんを亡くしたのよ」

「ぼくの子供でもあったんだ、ローナ」油で揚げたオリーブの実を見たとたん、ローナは胃が締めつけられた。この話は生々しい傷痕に近づきすぎている。「ぼくもすごくショックを受けた。ぼくが赤ん坊を楽しみにしていたのは知っているだろう。ぼくがどれだけ子供を欲しがっていたか」

「もうやめて、お願い！」

ジェイムズはそのとおりにした。今この瞬間、十年たって、ロンドンのバーで、ジェイムズはようやく二人の関係をあきらめた。愛するのをやめたわけではない。大切に思う気持ちも変わらない。だが、この瞬間、事実を受け入れた。二人はうまくいかないと、ローナは繰り返した。やり直そうと持ちかけたときの彼女のやつれた面差し、与えてしまった心の傷。ジェイムズはようやく、それが彼女の選んだ答えなのだと受け止めた。

「お願いだから、もうそっとしておいて、ジェイムズ。わたしたちは元には戻れないのよ」

「わかった」ジェイムズは言った。つらい思いをするだけだと、今わかった。ローナは誕生日に泣いているのだから。そして彼女を追いつめたぼくは、いつもながらに、ろくでなしの気分を味わっている。これではだめだ。「きみの言うとおりだ、ローナ。ぼくたちは元には戻れない」

　彼がそう言うと、ローナはかすかに息をのんだ。ジェイムズは本気なのだと声に表れていた。

「ほら！」ジェイムズはローナに腕を回し、涙を拭くナプキンを渡した。「ぼくたちに必要だったのは別れのセックスではなく、派手なけんかだったんだよ」腕の中でローナが泣き笑いをするのがわかった。「ぼくたちの仲がどれだけ悪くなるか再確認するために」

　これで、わだかまりは解けた――ある程度は。ジェイムズは地下鉄まで一緒に歩いていき、ローナが階段の下へと消えていくのを見送った。そして、ようやく終わったのだと自分に言い聞かせた。

　あとはただ、それに慣れるだけだ。

「ちょっと話せるかしら、ローナ？」

　ローナがまだコートも脱がないうちに、アビーは彼女をオフィスに呼び入れた。ジェイムズとの夕食のあとで、ローナは頭がまだくらくらしていた。救急科はすでに活気づいていて、通常、臨床研修医が一人入り、専門医が一人カバーするが、夜は仕事量がぐっと増える。協議なしに決断しなければならないことが多くなり、正直なところ、ローナは不安でたまらなかった。

「夜勤は楽しみ、ローナ？」ローナが席に着くと、アビーはほほ笑んでいた。

「とっても」ローナはできるだけ熱を込めてうなずいた。またサイレンが鳴り、アビーのオフィスの高窓越しに点滅する青いライトが見えたときも、ローナはできるだけ心拍数を落ち着けようとした。

「わたしが今晩と明日の担当よ。もちろんジェイムズはオンコール状態だけど、彼に電話をして何か頼む前に、わたしの指示を仰いで行動してほしいの」

「当然だわ」

「言うまでもないけど……」アビーはにやりとした。「個人的な電話についてじゃないわよ」

「ジェイムズに電話をする前にあなたと話をするわ」ローナは怒りを抑えて言った。自分やジェイムズのことをアビーに説明するのは絶対にいやだった。「それに、待合室の様子を見る限り、個人的な電話をする時間はあまりなさそうよ」

「混み合っているようね。だからこそ、話したかったのよ。ジェイムズは元夫だから気まずいのはわかるわ。彼はあなたと何かを話し合う気になれないんじゃないかしら。だから、わたしが冷静に話をしようとしているの。あなたと二人だけで」ひどく慇懃《いんぎん》で、とても巧妙な攻撃だった。ローナはこみあげる涙を懸命にこらえた。アビーの話は続いた。ローナのメモの取りかたにスタッフ全員がいらだっている。もっとはっきりと指示をするべきだ。誰彼かまわず頼らずに、自分で判断して、他の者に負担をかけないようにしてほしい。

　延々と並べたてられ、ローナは徹底的に追いつめられていた。夜勤はまだ始まってもいない。

「全身の診察は必ずしないといけないわけじゃないわ」二十分が過ぎても、アビーはなおも続けた。「そのうえ、十五分もかけて記録を残さなくたって。すべてが検視法廷送りになるわけじゃないのよ、ローナ。常に自分に保険をかける必要はないわ」

「保険をかけているわけじゃないわ」ローナは言った。「仕事が遅いのは認めるけど、詳しい病歴を記録するのがわたしのやりかたなの」

「田舎の一般医ならね。とにかく少しペースを上げてもらえないかしら。わたしの頼みはそれだけよ」

「そうするわ」ローナは立ちあがり、礼儀正しく適切な言葉を言った。「ご指導に感謝するわ」

「またいつでも」アビーはほほ笑んだ。

そのまま外へ出ていきたかった。だが、ローナはコーヒーをいれて、自分にいらだっている集団のほうへと歩いていき、黙ってその場に加わった。

「あなたも夜勤？」夜勤班が仕事の準備をしているスタッフルームに、片手にバスケット、もう一方の手に紅茶のマグを持ったメイが入ってきて、沈み込んだローナの心はほんの少し軽くなった。

「そうよ」メイの反応はいまひとつだった。「夜勤は先月で終わりのはずだったのに。うちには夜寝るベッドがないと思われてるのかしら。あなたも、金曜の夜にこの地獄に押し込められて、ずっと目をあけていることになるのよ、お嬢さん」

「わかってるわ」ローナはむっつりと言ってから、気力を奮い起こした。「エディンバラのローテーションのときに経験ずみよ」

「それって何年前？」メイはローナの不安を和らげてはくれなかった。「今はまったく新しい問題が持ちあがってるのよ。コカインだの、覚醒剤だのと。今は閉店時刻なんてないの。昔はラストドリンクは十一時だったでしょう。それが今や、スタート時刻だもの。あなたたちはひと晩じゅう何をするの？」メイはショーナに向かって、まるで若者すべてに問題があるかのようにきいた。

「ダンスです！」ショーナは言った。若くて美人で、健康そのものの彼女が、いかれた奇妙な動きをしてみせると、みんなが、ローナまでもが、くすくす笑った。「こんな感じで！」

「それはダンスじゃないわ」メイがからかった。「これがダンスよ」そう言って、ショーナの手をつかみ、くるりと回した。部屋じゅうのスタッフが、ローナまでもが声をあげて笑った。ローナはここにいる人たちが好きだった。みんなに溶け込みたい。ここの一員になりたい。でも几帳面《きちょうめん》さは変えられないし、変えても意味がない。わたしは二週間後にはいなくなるのだから。それまでに仕事を見つけて、ジェイムズに口添えしてもらい、ロンドンの他の病院に就職する。そして最初からやり直すのよ。

「さあ、ローナ!」メイはとても優しいほほ笑みで言った。「わたしが面倒を見てあげるから」

そのとおりね。メイはみんなの面倒を見ている。面倒見のよさは患者だけにとどまらない。トラブルが起こる前に察知し、とてもストイックに、誠実に対処する。普段は人を敬うことのない人たちからも慕われている。それはメイがその人たちと誠実に向き合っているからだ。メイが、頭にガーゼを当てられ疲れきった売春婦のリタと話しているのを見て、ローナは理解した。

ローナもまたそうだった。

ロンドンの救急外来には次々と新たな問題が持ち込まれる。ローナに理解できるものもあるし、できないものもある。理解できなくても、ローナはいつも理解しようと努力する。

「こんなふうではいけないわ」ローナはリタに言った。午前二時になって、ようやくリタの頭皮を縫う時間ができたところだった。

返ってきたのは想像を絶するののしりの言葉だった。メイはケトルを火にかけ、涙を拭い取る準備をした。だが、ローナは泣いていなかった。

「あなたに世界を変えることはできないのよ」メイは言った。

「もちろん、できないわ」少し取り澄ました顔がメイをまっすぐに見すえた。「でも、彼女が変わる気になってくれたら、わたしは力になるつもりよ」

午前六時、〝お上品なスコットランド人医師〟に用があると、あの疲れた顔が再び現れた。それは気分を高揚させる出来事だった。メイが当然のようにローナをブザーで呼ぶと、睡眠不足の顔が現れた。

ローナはコーヒーのマグを二つ持って、面談室に入り、ゆうに一時間たってから出てきた。メイはタイムシートに記入し、魔法瓶をすすいでバスケットに入れたところだった。話の内容はわからないが、なんとなく察しはついた。夜明けとともに、何かよいことが行われたのだ。とてもよいことが。

もちろん世界を変えるようなことではないけれど。メイは愛する夫からおかえりのキスを受けながら思った。いつものように、夜勤明けの彼女を紅茶とトーストが待っていた。夫はメイにいってきますのキスをすると、急いで自分の職場へ向かった。メイはリビングに座って、静かに考えごとをしてから、ベッドへ向かった。そうよ、今朝、一人の人間の世界を変えるかもしれない何かが行われた。

メイは考えることが多すぎて眠れそうになかった。

18

使ってみると、眼鏡チェーンはとても便利で、たとえ不機嫌なハイミスに見えようと、ローナは気にならなかった。気になるのは、呼び出されて土曜の夜十一時に現れたジェイムズのことだった。

「ごめんなさい、ジェイムズ」アビーが彼に呼びかける声が聞こえた。ローナは蘇《そ》生《せい》室のストレッチャーの端に腰かけ、到着した患者から心臓の病歴を聞き出しているところだった。「刺傷患者が二人入ってきて、外科医はみんな手術室にいるのよ。わたしではこの腕の出血を止められないわ」

「任せてくれ」ジェイムズは言った。そのときにはすでに、土曜の夜の外出着の上にポリエチレンのエプロンを着け、ゴム手袋をはめているところだった。彼はローナに向かってうなずいてみせた。何の含みもない儀礼的な会釈で、いつもの小さなウインクもなかった。ローナは彼の心の扉がついに閉ざされ、自分が完全に締め出されたことを知った。

「あなたが駆り出されて、エリーが気を悪くしてないといいけど」アビーが言った。

ほんの一瞬ローナと目が合い、ジェイムズは少し気まずげで、ローナは長めのナイフで胸をえぐられたような気分で、それでも平気なふりをした。

「エリーはもう慣れている」ジェイムズは言った。その言葉の真実のほどはよくわからなかった。

ローナは視線を落とし、患者の病歴の聞き取りを続けた。ジェイムズは動脈出血箇所のガーゼをめくり、ライトを下げるよう指示し、鉗子《かんし》を要求した。二人はその夜の残り時間をなんとか乗りきった。

「縫合だけでいいのよ」ローナが患者の血圧を測っていると、アビーが処置室に顔を出した。中はむせ返るようだった。扉には白いカードが何枚もクリップで留まっている。どれも縫合の順番を待つ患者だ。

ローナはひたすら縫合をこなしていった。ジェイムズがとっくに帰ったのも気にならないふりをして。彼の家の広く快適なベッドや、そこで眠るエリーの姿を懸命に思い浮かべまいとしていた。アビーに指示されたとおり、ローナはミスター・デヴロンの手の傷を縫合した。ラヴィニアが次の処置の準備を始めたちょうどそのとき、患者が診察台からはい降りようとして、めまいを起こした。

「仕切り部屋に案内します。帰宅する前に少し休んでもらいましょう」ラヴィニアが申し出た。ただ、ローナには納得がいかなかった。

ローナは胸が痛んだが、アビーの批判は受け入れていたので、診察のスピードをともかく上げていた。ローナは自分のいつものやりかたを曲げて、ささいなことには時間をかけないようにした。数えきれないほどの患者の記録を書きあげてみて、なぜ医師が悪筆と言われるか理解できた。ローナは長々と病歴を記録しないように、単純な足首の捻挫《ねんざ》に全身の検査をしたりしないように気をつけていた。

ただ、ローナの診察スタイルとは相いれなかった。医師が患者の問題点を探さないで、誰が探すの？

　ミスター・デヴロンは頑健な体を持つ大工で、本人によると、傷口の縫合の経験は幾度となくあるということだった。その人がなぜ顔面蒼白《そうはく》で、気を失いかけているの？

「縫合のあと、ときどき起こることです」ラヴィニアは患者の頭を下に動かし、大きく息を吸うように言った。縫合のあとで気分が悪くなったり、失神したりする患者は多い。それはローナにもわかるが、ミスター・デヴロンはそうではないような気がした。

「仕切り部屋に運んで」ローナは言った。「そして、ガウンに着替えさせて。きちんと診察したいから」

「アビーがもう診ました」ラヴィニアが言った。「この患者は縫合後、退院です」

「失神しかけていなければね」自己主張はひどく苦手だった。アビーにもそう言われたけれど！「いいから仕切り部屋に入れて、お願い」

　仕切り部屋に向かいながら、アビーが投げつける鋭い視線が短剣のように背中に刺さる気がした。でも日曜の午前三時に、ローナが気にかけるのは患者のほうだった。いくら研修医に言われたからといって、切ったり貼ったりだけの治療はしたくなかった。

　ラヴィニアは患者にガウンを着せた。患者は今は健康そのものに見え、ローナが入っていったときも、看護師に笑いかけたり冗談を言ったりしていた。

「気分はどうですか、ミスター・デヴロン？」

「上々だよ！　なんであんなったのかわからない」

「カッターナイフで手を切ったのでしたね？」

「そうだ」彼は言った。ローナは短いメモに目を通した。「カーペットを敷く作業をしてるところで」

「めまいはしませんでしたか？」ローナは患者が答える前に、ちょっとためらったことに気づいた。

「そうだな、あとでちょっと。ただ、かなり血が出てたから」彼はラヴィニアにほほ笑みかけた。看護師は退屈そうに立っていたが、患者に向かって愛想よく笑みを返した。「新しいカーペットが血だらけだから、奥さんはあまりいい顔をしないだろうな」

「手を切ったときのことですが」ローナは言った。「その前にめまいはありましたか？」

「うーん、少しはあったかもしれない」ミスター・デヴロンは肩をすくめた。「ただ、ちょっと変な感じになっただけだけど」

「以前にも、そういうことがありましたか？」

「ないね」

「一度も？」ローナは話しながら診察していた。迅速に、しかし性急にならないように努めていたが、患者の気乗り薄な様子が気になっていた。

「あっちの医師にも言ったけど、仕事中のけががたまにあるぐらいで、これまで病気で休んだことなんて一度もないよ」

「わかりました」ローナは彼の胸の音を聞き、神経障害の有無を診てから、ストレッチャーを下げて、腹部を診察できるように患者をあお向けにさせた。

「今日は体調はよかったですか？」

「いや、ちょっと……」ローナがプローブを当てると、患者は小さく顔をしかめた。「血便が少し。今日の夕方、カーペットを敷き始める前だったかな」

「出血ですか？」ローナは感情を抑えた声できいたが、ミスター・デヴロンは答えなかった。彼は落ち着きなく、いらだたしげに体を起こした。そして、二度大きく息を吸ったが、その顔は再びぞっとするような土気色になっていた。

「ああ、トイレに行かせてくれ」

「お願い、汚物受けを取って、ラヴィニア」

ラヴィニアは目をむいたが、患者を見おろしたとたん、退屈そうだった表情が一変した。血色のよかったミスター・デヴロンが蒼白になり、ひどく汗をかいて、懸命にストレッチャーから降りようとしていた。女性二人はようやく一致協力した。

ラヴィニアはストレッチャーの下から汚物受けを出し、当惑してうろたえる男性に冷静に語りかけた。その間に、ローナが酸素マスクを装着させた。

「大丈夫」ラヴィニアは言い、呼び鈴を押して補助を求めた。ストレッチャーの上で汗をかきながら横たわる、かわいそうな男性は今にも気絶しそうだった。ローナは急いで彼の腕に止血帯を巻いたが、自分の手の震えに気づいて、失敗しそうだと思った。

「わたしがやります」ラヴィニアがすばやく割り込んで処置を終わらせた。ローナは点滴をつないだ。

「どうしたの？」タイミングよくメイが駆け込んできた。患者は完全に気を失っていた。三人は汚物受けをどけ、患者をまっすぐに寝かせると、ストレッチャーの頭側を下げて、急いで蘇生室へ運んだ。

「大量の下血」ローナはアビーのほうを見ないようにして蘇生室に入ると、淡々とした声で言った。

「夕方にも一度あったようだけど、本人が言い渋っていて」

「手のけがじゃなかったの？」メイはそう言うと同時に外科医を呼び出した。「彼は帰宅途中よね」

アビーがローナのことをさらによく知ろうとすれば、ローナが他人をあざ笑うような人間でないとわかったはずだ。自分の判断が勝っていたからといって、それが患者の病気を示すものなら、ただむなしいだけだろう。ローナはとにかく批判ではなく指導を望んでいた。だが、事態は改善されるどころか悪化していた。ミスター・デヴロンに起こったことを考えると、ローナはすべての患者を病的なまでに気にかけ、可能な限り時間をかけるようになった。アビーはむきになって軽蔑的な態度をとり、何かにつけて、長く救急科で働けば患者に驚かされるのはよくあることだと言い張った。ローナがオンコールの小児科医に電話をかけ、咽頭炎に対する意見を求めると、アビーは、子供は誰でも髄膜炎にかかるわけではない、念のための血液検査や入院が全員に必要とは限らないとローナに言い放った。どちらの意見も正しくて、どちらの意見も間違っている。医療とはそういうもので、それがローナを悩ませていた。

だが、ジェイムズを失うことに比べれば、過酷な当直勤務も、やたらと攻撃的な研修医も、ローナには取るに足りないことだった。

日曜の午前七時三十分の駅はほぼ無人だった。

ローナはホームに座り、彼から電話が来ていないか再び携帯電話を確かめた。でも、なぜ彼が電話をしてこないといけないの？　自分の行動をいちいちわたしに言い訳する義務は彼にはない。

結局、ジェイムズからの電話はなかった。

ローナは茫然《ぼうぜん》としたまま家路についた。留守番電話に録音は入っていなかった。

シャワーを浴びたローナは、ミントグリーンのパジャマを着て、借りたままのジェイムズの靴下を履いた。そして、目覚まし時計をセットして、ベッドの中で丸くなった。

眠らなければだめ。今夜の勤務のために体調を整えなければ。

彼が前に進もうとしているのはいいことよ。これでわたしも前に進めるかもしれない。

このつらい時期がすめば気持ちも楽になる。だが、いくらそう言い聞かせても涙は止まらなかった。

19

過酷な四日間の夜勤が終わろうとしていた。ローナの望みはただここを離れ、二度と戻らないことだった。この勤務が終わったらすぐに実行しようと、ローナは本気で考えていた。

午後九時以降、ほとんど座っていなかった。時計は午前六時に近づいていた。軽く休憩を取ろうとスタッフルームへ行くと、ジェイムズが眠っていた。

三度呼び出されて、帰宅するのをあきらめたようだ。並べた椅子の上に寝そべった彼は、疲れきった様子だった。口を少し開け、片手を床にだらりと垂らし、もう片方の手をおなかの上にのせている。

着ている手術着の上着がずり上がって、おなかがほんの少しのぞいていた。ローナはインスタントのスープのカップを手に腰を下ろし、早朝のテレビ番組に集中しようとしたが、まるで父親の説教を聞いているみたいに耳に入ってこなかった。しかたなくテレビ画面から目をそらし、ジェイムズを見つめた。

大きな足、がっしりした腿、かわいく垂れた前髪、歯を立てて触れてみたくなる胸。

そして、何度もキスをした唇。キスで彼を起こしたい。今ほど強くそう思ったことはなかった。

見ないようにしているところに、つい目が行ってしまう。幸か不幸か、着古して薄くなった手術着の生地が腿のつけ根の輪郭をあらわにしていたからだ。

これでは休憩にならないわ。ローナはカップをすすいで外へ出ると、しかたなくナースステーションでコーヒーを飲むことにした。すると、蘇生《そせい》室の患者のもとへ足早に向かうアビーとすれ違った。

「何か手伝う？」ローナは声をかけたが、アビーは頭を振っただけだった。

「休憩を続けて」

「これで休憩と言える？」ローナが目をむいてみせると、ラヴィニアがくすくす笑った。

「たいした医師よ、彼女は」ラヴィニアが言った。

「人の神経を逆なでしてばっかり」

「あなたもいらつかされる？」ローナはきいた。

「ええ」

「彼女はすばらしい医師よ。何しろ、このわたしが生きた証拠だもの。彼女に命を救ってもらったことはずっと忘れないわ」

「彼女、今ごろそれを後悔しているかもね」

そのときが初めてだった。初めて職場に溶け込めた気がした。文句の多い救急科の面々と冗談を言い合い、気軽なおしゃべりをして、ローナはもっとこうしていたいと思った。それだけは確かだった。

「さてと！」ラヴィニアはカップの残りを飲み干した。「日勤の人たちが来る前に、ここを少し片づけておかないと。大変な週末だったのよ」

「そうなの？」

「最悪よ！」ラヴィニアはうなずいた。「でも、もうすぐ終わる」

ラヴィニアがそう言った瞬間、ローナは幸運を祈ったが、遅すぎた。緊急電話が鳴り、救急車の管制室から小児心不全患者が搬送中だと連絡があった。ほぼ同時に、救急車がサイレンを響かせて入ってきた。青い布に包まれた力ない小さな体とともに、救急隊員たちが救急科内に駆け込んできた。プレッシャーがいっきにローナにのしかかった。

「アビーはどこ？」

「動脈瘤《りゅう》の患者を治療中よ」メイは冷静に言ったが、ぐったりした小さな体が下ろされると、メイの心は沈んだ。ローナが蘇生バッグで送気を行い、メイが男の赤ん坊の胸部をマッサージした。「小児科医が来ることになったわ」メイは言った。「でも、今は集中治療病棟《ICU》を離れられないの。セカンドオンコールの医師と麻酔医には連絡したわ」

「ジェイムズを呼んで」声は震えていたが、ローナははっきりと言った。今この瞬間にも、ジェイムズがドアから現れてほしいと思った。

「彼はさっき帰ったばかりよ」

「戻ってきてと電話して」ローナは言った。

これまでも死とは向き合ってきた。田舎の一般医として、それは生活の一部だった。赤ん坊や子供の場合もあったが、ごくわずかで、それも、今見おろしているあざだらけの白い小さな体とはかけ離れていた。わたしはここで何をしているの？　死が日常のこの仕事を誰が望むというの？

　メイは胸部マッサージを続け、ラヴィニアは点滴ラインを確保しようとしていた。気管挿管をしなければならないのは、ローナにもわかっていた。普通は到着までに行うが、このケースでは挿管を試みて失敗し、蘇生バッグを用いて病院まで搬送されてきていた。麻酔医が不在のため、挿管はローナが行うことになる。ローナは喉頭鏡を挿入し、喉頭蓋と声帯が見えるまで、気道の吸引をした。落ち着くのよ、ローナは自分に言い聞かせた。両手は震えていたものの、挿管は成功した。メイが代わってチューブを支え、蘇生バッグを預かった。ラヴィニアはぽっちゃりした小さな腕の静脈を見つけようと苦戦していた。ローナはもう一方の腕の静脈を探した。両手はまだ激しく震えていて、ミスをしてもおかしくなかったが、針を刺すと、血管に入ったことを示す少量の血液の逆流があり、心底ほっとすると同時に、額に汗が噴き出すのがわかった。

「お見事」メイが言い、ラヴィニアに点滴針をテープで固定するよう命じた。そして、ローナを手伝い、小児心不全に必要な薬剤の用意をした。ローナは的確に治療をこなしていた。過去に経験があり、最新の知識も取り入れ続けていた。治療手順は何度も繰り返し読み、頭に刻み込んでいる。

「外耳道に出血……」赤ん坊の目を診察して、損傷を見つけ、ローナは一瞬目を閉じた。結論を急ぎすぎないよう慎重に考え、注意深く診察して、小さな図表を書いた。大腿部がむくみ、骨折しているみたいに片脚の長さが短く見える。

面談室で親族が泣いている。虐待された赤ん坊は瀕死《ひんし》の状態だった。ローナは赤ん坊を両手で包み、抱きしめたかったが、それはできなかった。「レントゲンを撮って」小児科医たちが到着し、ありがたいことに、背後からジェイムズも駆け込んできた。

できる限り手は尽くしていたが、赤ん坊が生き延びられないことは誰もがわかっていた。専門知識が結集した十五分ほど後に、その小さな命は正式な死を迎えた。すでに警察が両親に接触していた。ローナはただそこに立ち尽くすしかなかった。ジェイムズが情報を伝えに行った。

「ぼくと一緒に行きたいか?」ばかげた質問だった。行きたい者などいるはずもない。でも、彼の言いたいことはわかるわ。これがわたしの仕事になるなら、こういう会話にも慣れなければならない。ここは、こみあげそうになる涙をこらえ、イエスと言うべきなのだ。経験豊かな同僚を手本にして、両親や警察、対立する無数の集団の扱い方を学んで、自分独りでこなせるようになるべきなのだ。けれど、わたしにはそれができない。

「できれば行きたくないわ」

「ローナ」ジェイムズはきっぱり言った。「話はぼくがする。きみもそばで見ておくべきだ」

「行きたくないのよ」ローナはもう一度言った。本当に行きたくないのだ。

ローナはちょっと変わっている。小枝みたいにぽきりと折れそうだが、折れずに、しなやかにたわむ。ジェイムズはあきらめることにした。メイによれば、ローナはすばらしい働きをしたらしい。それが一番大切なことだ。患者の身内に会わせて、ローナを限界まで追いつめるのはやめたほうがいい。

「患者を両親に会わせる支度をするわ」メイが言った。さすがに落ち着き払っていたが、赤ん坊を包み、腕の中に抱いたとき、メイは静かに泣いていた。今回は検視になるケースなので、チューブはすべてそのままになっている。

「両親にこの子を抱かせていいの？」ローナは白い頬をなで、命が消えていく速さに茫然《ぼうぜん》とした。「だって……」

「誰に責任があるかは裁判所が決めることよ」メイは小さな男の子を抱きしめた。「わたしたちじゃない。たとえどんなにつらくても、両親には威厳と敬意をもって接するのよ」

「あなたでもつらくなるのね」メイが泣いているところを見て、ローナはなんだか救われた気がした。今はもう涙の跡はなく、ティッシュで頬を押さえたメイは、赤ん坊を家族のもとへ連れていくようジェイムズが指示するのを待っていた。たった今起きたことに打ちのめされているのが自分だけではないことに、ローナはほっとしていた。「こんなことにはすべて、あなたは慣れてるんじゃないかと思った」

「全然よ」メイは言った。「慣れたら、この仕事をやめるわ」

赤ん坊が死ぬ。救急科では珍しいことではない。それでもチームは沈んだムードのまま、日勤スタッフを迎えた。警察も患者の家族も赤ん坊もまだそこに残っていた。今朝はみんな他の人に少しだけ優しかった。ローナが長々と記録をつけても、誰も文句を言わなかった。ローナは大きな紅茶のカップを持って腰を下ろし、自分がしたすべてのことを書き記した。用務員の冗談には笑みさえ見せたが、彼女の顔は真っ青で、かすかな頬の赤みも、まるで平手打ちをされたみたいに頬にふた筋残っているだけだった。小児科医に記録を渡すとき、ローナの両手は震えていた。見た目に反して、ローナが動揺を抑えられずにいることを、ジェイムズは知った。支えになってくれるスタッフがいるのに、ここでは不安を吐き出さず、彼女が一人で家へ帰るのかと思うと、ジェイムズは耐えられなかった。

ローナがコートを着たとき、彼のオンコール時間も終了したので、ジェイムズはさっさと片づけをして、彼女と一緒に救急科を通り抜けた。ローナを一人で地下鉄で帰らせるわけにいかなかった。

それは元妻だからというだけではない。いや、そうかもしれない。だとしても、とにかく今、彼女と話をしなければならなかった。

「まだ帰らないでくれ」

「疲れているの」ローナは歩調を緩めようとはしなかった。

「涙すら見せなかった。泣き虫のきみが」

「いったん泣いたら、止まらなくなると思うから」

「涙はいつか止まる」ジェイムズは言った。「悲しみは吐き出したほうがいい、ローナ」

「どうして？」ローナはぴしゃりと言った。「それであの子が戻ってくるの？」ローナは駆けだそうとしたが、ジェイムズが腕をつかんで引き止めた。午前九時、救急科の外の廊下は人々で混み合っていた。時間も場所も最悪だった。ジェイムズは彼女を入院受付のわきの小部屋へ引っぱり込んだ。ローナは言った。「医師がいつかないのも不思議はないわ。わたしの勤務時間は一時間も前に終わっているのよ」

「ぼくと話をしてくれ、ローナ」

「お断りよ。疲れているから、とにかく眠りたいの。感傷的な励ましは結構よ。きみの抱いている感情は正常だとか、もっと怒ってもいいんだよとか言ってもらう必要はないわ」

「いや、そんなつもりはない」ジェイムズはローナから手を放した。よけいなお世話だろうが、ただの同僚としてやりすごすわけにいかない。このまま彼女を帰らせて、家で一人で泣かせるなんて、ぼくには耐えられない。「だが、きみと話す必要があるんだ――」

「わたしは家に帰りたいの。ここを離れて。役立たずだと思い知らされるのはうんざりよ。診察が遅いとか慎重すぎるとか言われるのに疲れたの」

「きみはよくやっている」

「やめて」ローナは鼻で笑った。「今回もアビーの許可なくあなたを呼んだから、間違いなく叱られるわ！」

「アビーが前に言っていた。きみの調子が上がってきたと。彼女が気づかなかった穿孔《せんこう》性の潰瘍にも、きみが気づいたと言っていた」

「アビーがあなたに？」

「それに、あの赤ん坊のケースも立派にこなしたじゃないか」

「でも、充分じゃなかった」

「ローナ、あの子は誰にも救えなかった。自分がどれだけがんばったかわかるか？ きみは気管挿管をして、点滴もつないだ。大人の血管でも外しそうなくらい震える手で、意識のない赤ん坊の血管に点滴針を通した」

「どうして？」ローナは自分がどうしても理解できず、最も恐れていることを、自分では絶対にできないと思うことをきいた。「どうしてあの人たちと話ができるの？ どうして優しく接することができるの？ 事情を知っているのに……」

「ぼくたちには事情はわからないよ、ローナ」

「お願いだから」結論を急いではいけないのは、ローナもわかっている。患者を診ているときはそうしないように充分注意していた。だが、治療歴に目を通した今、二人とも心の奥では真実に気づいているはずだ。「どうしてあの人たちと一緒にあそこに座って、丁重に接することができるの？　何が起きていたのかわかっているのに」

「そのほうが、ぼくにとって楽だからさ。きみの涙と同じように、ぼくが本音をすべて口にしたら、きっと止まらなくなってしまう」

ジェイムズは昔から子供が大好きだった。結婚したばかりのころは、少なくとも五人は子供が欲しいと言って、ローナをからかった。彼なら、とてもいい父親になっていただろう。十年たっても、彼がまだ父親になっていないことが信じられない。二人の関係はもう終わっている。あるひとつのことを除いて。今までずっと、二人が話し合えずにきたあることを除いて。

ローナが初めてそれを口にするのは、二人の関係が決定的に終わったからかもしれない。それとも、小さな命がむだに失われたことを嘆き悲しみ、もう疲れはててしまったからだろうか。

「わたしたちならすごくいい親になったでしょうね」ジェイムズはもう無理に話をさせようとはしていなかった。ローナはこのまま立ち去ることもできた。だが、彼女は立ち去らなかった。もう堰《せき》が音をたてて決壊したかのようだった。人生はそういうものだから、言ってもしかたのないことだと、よくわかっている。それでも、ローナは言った。「こんなのフェアじゃないわ、ジェイムズ」

20

ジェイムズがドアを開けると、ポーリーンは掃除機をかけていたが、彼の隣で震える青白い顔のローナを見た瞬間、家政婦の明るい笑みが消えた。

「ジェイムズ、わたし、ひどい偏頭痛がして」ポーリーンは言った。「家に帰ろうかと思うんだけど」

「かまわないよ」

「食洗機のスイッチを入れたところなのよ」

「いいよ、ポーリーン」ジェイムズは家政婦が帰ることにほっとした。この十年遅れの話し合いに、聴衆は必要ない。

「フェアじゃないわ」リビングのソファに腰を下ろしたローナが繰り返した。「どうしてわたしたちの赤ちゃんは生きられなかったの？」

「無理だったんだ」ジェイムズはローナのわきに腰を下ろし、冷えきった彼女の両手を握った。「しかたのないことで……」

「もう過去のことなのはわかっている。忘れないといけないのもわかってるし、今はもう吹っきれていたのに」ローナは顔をくしゃくしゃにして言った。

「だけど……あの赤ちゃんを見たら……」

「ぼくも同じ気持ちだ」ジェイムズが言った。「フェアじゃない。だって、ぼくたちは自分たちの子供をあんなに愛していたのだから」ローナの目から涙があふれ出したが、それはいつもの彼女の涙とは違っていた。ローナが涙を見せるのは珍しいことではない。そして、それはいつも、静かに流れるせせらぎのようだった。だが、今の涙はまるでダムが決壊したようにどっとあふれ出し、このまま止まらないのではないかと、ジェイムズが思うほどだった。彼はローナを抱きしめた。ローナは今朝の赤ん坊だけでなく、二人が腕に抱くことすらなかった赤ん坊を思って泣いていた。

「性別さえわからない。わたしは尋ねなかった。知ろうとしなかった」ローナはソファの上で突っ伏した。ジェイムズは彼女の肩を抱いていた。そうして、もう一時間ほどたっていた。

「女の子だった」ジェイムズは言った。十年たってようやく亡くした子供の話ができた。「ぼくたちが亡くした子は女の子だった」

一緒に泣けてよかった。どんなにつらくて悲しくても、互いを抱きしめ、小さな娘を思って、二人で涙を流せてよかった。生きてさえいたら、娘は深い愛情を受けて育ち、今ごろは元気に学校へ駆け出していくところだったかもしれない。ローナに伝えることができてよかった。ジェイムズは思った。ぼくがどれほど小さな娘を愛していたか、ぼくも彼女と同じように心を痛めていたことを、そして、それを心の内に秘めていたことを。

かれることがないかと思えた涙も、結局は食洗機の終了よりも先に止まった。泣きやんだローナはジェイムズに抱かれたまま、空っぽの家に響く食洗機の排水音を聞いていた。何も考えず、ただじっとしていた。やがてジェイムズが口を開いた。

「愛している、ローナ」ジェイムズの腕の中で、ローナが身をすくめた。彼にはそんなことを言ってほしくなかった。「ずっときみを愛していた。これからもずっと愛し続ける」

「あなたは愛していないと言ったじゃないの」

「違う」今度こそ言おう。ずっと前に言おうとして言えなかったことを。「あれは口論の中で、逃げ場を失った気分だと言ったんだ。実際、ぼくは追いつめられていた。ぼくは二十五歳で、まだきみとつき合い始めたばかりだった。でも、きみの両親はぼくたちに結婚を迫った。ぼくが逃げ場を失った気分だったのは、おなかの子を失って、きみがぼくを憎むようになったからだ」

「違うわ」

「いや、そうだ。きみはあのソファにただ横たわって、憎しみの目でぼくを見ていた」

「違う」

「そうなんだよ！」ジェイムズは言い張った。本当にそうだった。「あのとき、ぼくたちは口論をした。そして、きみがぼくに言わせたんだ。きみを愛していないのに結婚したと。ああ、ローナ、結婚したときはまだきみのことをよく知らなかったんだ」彼は正直に話そうとしていた。「子供を亡くして、きみをどう愛すればいいかわからなくなった。でも、本当はきみを愛していた。それにいつ気づいたか教えるよ。きみがあのドアから出ていった瞬間だ。きみを失った瞬間、どんなにきみを愛していたかわかったんだ。だけど、きみはそれを聞きたがらなかった。きみは両親の元へ戻り、ますます親の言いなりになるようになった」

「違うわ」

「そうなんだよ」ジェイムズは言った。

「違う」今回はローナも引きさがらなかった。「わたしはスコットランドへ帰って、父に立ち向かった。未婚でセックスをしたからって、わたしはみだらな女じゃないって父に言ったわ。あなたがどんなにいい人かも話した。それに、離婚は罪じゃない、ただうまくいかなかっただけだと」

「きみがそう話したのか？」

「ええ」それを聞いて、ジェイムズはローナを抱きしめた。彼女がどれだけつらい思いをしたかわかった。「そう話したし、そう信じてもいた。あれ以来二人で話すことは何年もなかったけど、ジェイムズ……」ああ、こんなにもつらいなんて。「わたしはあなたを心から愛していた。医学部で初めて会った日からあなたを愛していた。あの夜、わたしはあなたの気を引こうとしたのよ」

「ローナ」

「いいから聞いて。あの夜、わたしはあなたのために着飾った。メイクをして、香水をつけて、あなたに目を留めてもらうために出かけたのよ」

「ローナ！」ジェイムズはローナを押しとどめて、彼女が父親にすり込まれたゆがんだ思い込みを途中でさえぎった。「それは恋の駆け引きだよ。好意を持っている者同士はそうするんだ。きみが魔女で、あの晩ぼくに魔法をかけたわけじゃない。ぼくもきみに夢中だったんだから」

「まさか、あんなにまで……」ローナは顔をくしゃくしゃにして説明しようとした。「あんなふうにまでなるとは思ってもみなかった。わたしたちが、あんなにまでお互いを求め合うなんて」

ためらいがちの言葉だったが、ジェイムズは理解できた。あの晩、二人はただ恋の駆け引きを楽しんだだけではなかった。二人は深く結びついた。この十年、ジェイムズが再び手に入れようとあがき、どんな相手ともかなわなかった深い結びつきだった。二人は未知の世界に足を踏み入れ、言葉を超えた色鮮やかな世界が広がった。二十二歳のバージンの彼女は扉の鍵をあけ、内なる狂おしい感情を解き放った。だが、ローナはそのことで自分を責めていた。

「あの晩、わたしはあなたの気を引くために出かけたのよ。そして、見事に獲物を手に入れた。あなたは子供のためにわたしと結婚した。そして突然、子供はいなくなった。あなたは子供ができたからわたしと結婚したのよね、ジェイムズ」

「そうだ」彼は認めた。「でも、そうでなくても結局ぼくたちは結婚したと思う」ジェイムズはローナの中に変化を感じた。霧が晴れていくのが目に見えるようだ。彼女が過去を見つめ返し、二人を苦しめてきた傷と痛みを拭い去ったのだ。「きみほどぼくを幸せにしてくれた人はいない、ローナ」十年たった今、確かにそう言える。「赤ん坊のことを話し合えなかったのは残念に思うけど、ぼくたちは今こうしてここにいる。これからでも赤ん坊は持てる」子供を亡くした女性に、一番言ってはいけないことだとわかっていた。ただ、もう十年もたっているのだから、きっと大丈夫だろう。ジェイムズはそう思ったが、ローナのこわばった顔を見て、自分を蹴飛ばしてやりたくなった。「きみはまだ三十三じゃないか、ローナ」

「もう子供は持てないのよ」思わず言ってしまった。ローナはかつてないほど動揺していた。「いつか罰せられると、父は言ったけれど、わたしは信じなかった。何も悪いことはしていないと思っているし、わたしは医師なのよ。でも、あの年、あの忌まわしい年に病院通いをするたび、罰せられているのではないかと思うようになった。虫垂炎による癒着、子宮内膜症……。わたしの体はぼろぼろなのよ、ジェイムズ。もう子供なんて持てないわ」

「それはわからないだろう」

「わかるのよ！」ローナはすすり泣いた。「痛みに耐えて生きていくのはもう無理なの。四週間後に子宮の摘出手術を受けることになっているわ」

ローナはすべてを吐き出した。それでも、ジェイムズはじっと彼女を抱いていた。

ローナを放したくなかった。ずっと抱いていたかった。ジェイムズはもう頭が破裂しそうだった。失われた年月を、逃した未来を思い、後悔や怒りが頭の中を駆け巡っていた。傷を負ったのは、みんなで懸命に救おうとした赤ん坊だけではなかった。今この腕の中にいる大切な人が心に深い傷を負っている。ローナが疲れきっているのはよくわかっていた。ことを急《せ》いて、言ってはいけないことを言う前によく考えるべきだ。そう思い、ジェイムズはローナを立たせて、彼女が聞きたいと思う唯一の言葉を口にした。

「ゆっくりおやすみ」

ジェイムズは彼女に優しいキスをした。額にそっと唇で触れ、彼女に伝えた。きみが疲れきっているのはよくわかっていると。彼はローナを二階へ連れていき、コートのボタンを外して、服を脱がせ、自分も服を脱いだ。そして、ベッドの上がけをはがし、何も言わずに彼女を抱き寄せた。ローナの父親が二人をどなりつけ、尻軽女、淫売と娘をののしった夜と同じように彼女を抱いていた。二人が子供を亡くして家に戻ったあの夜と同じように、ジェイムズはローナを抱きしめた。

ぼくと彼女の小さな娘。

ローナもあの子のことを考えている。

「あなたのキーホルダーに下がっているLの文字はわたしたちの娘のものなの？」

「そうだ」ジェイムズは答えた。

「リリーね」

もう涙は残っていない。あるのはただ、ようやく娘を悼むことができた安堵《あんど》と今日亡くなった赤ん坊への哀惜の念だけだった。そして今ここにジェイムズがいる。彼の手は愛《いと》おしむかのようにローナの腹部にのせられている。癒着も、子宮内膜症も、なくなった卵管も、何もかもを愛おしむかのように。

まるで今もローナを愛しているかのように。

21

目を覚ましたときは何時なのかわからなかった。ローナはジェイムズの体に包まれたまま、しばらく横たわっていた。ここがどこなのか確かめようともせず、時間もわからないまま、思い返していた。

夜勤のときのつらい出来事を。

ジェイムズに真実を告げたことを。

そして、彼の腕の中で目覚めた。

ああ、ジェイムズは紳士すぎるほど紳士だから、拒絶したり逃げ出したりできなかったのよ。ローナは横たわったまま、覚悟を決めて、彼に話しかけようとした。あなたは変わらずわたしを気遣ってくれるけれど、もう十年前のことで……。だが、胸に当てられた温かいてのひらに力がこもり、肩に唇が押し当てられると、ローナは戸惑った。わたしは本当に彼に真実を告げたの？　まるで何も変わっていないみたいだ。真実を知っても、彼は変わらずわたしを求めてくれている。

次の瞬間、ローナは考えるのをやめ、暗闇の中で体を回して、彼と向き合った。彼の唇にキスをして、肌と肌をぴったり合わせた。今が午前中でも、午後でも、夜でもかまわない。彼の腕の中にいると、時間が新たな意味を持つようになるからだ。

ジェイムズは唇を重ねたままローナをあお向けにした。ときには味気ないセックスもする彼だけれど、ローナを狂おしい思いにさせるほど官能的にもなれる。ジェイムズはまるで点字が記されているかのように彼女の体を指先で読み解いていった。自らの体重を両肘で支えて、ローナの両脚を膝で開く。前戯など必要なかった。ジェイムズがローナの中に身を沈めていくと、彼女の準備はできていた。おかげで彼は自分のペースで動くことができた。二人はともに無言のまま、互いの体を堪能した。正常位がつまらないという人は、ジェイムズに教えを請えばいい。ゆったりとけだるい快感がいつまでも続いた。ジェイムズが深く身を沈めてくるにつれ、ローナは心が解放されていった。彼が与える快感に浸り、肌と肌をすり寄せて、彼の胸を味わう。ローナの両手がゆっくりと彼の体を這《は》いおり、引き締まったヒップに触れた。奥深く彼を迎え入れたローナは、耳に響く荒い息遣いと、体を覆ってくる彼の重みを楽しんだ。だが、ジェイムズは彼女の胸の傷痕を気遣った。もう気にしなくていいはずで、痛みがあったとしてもほんの少しだけれど、彼はその問題を一瞬で解決した。体重がかからないように両腕をローナの下に回したのだ。体がぴったりと重なり合い、ローナはその快感にずっとこうしていたいと願った。

うめき声を止められたらいいのに。ローナは声をあげてこれを終わりにしたくなかった。両手が彼の体に爪を立てないように、両脚が彼の体を締めつけないように、自分を抑えられたらと思った。彼にやめないでほしかった。その思いどおり、彼はやめなかった。ローナが昇りつめても、ジェイムズはさらに彼女を駆りたてた。チョコレートアイスをどれだけ食べても、冷凍庫にはまだたっぷり入っているような、そんな甘くぜいたくな時間だった。彼はローナのそばにいて、ずっと彼女を駆りたてた。ジェイムズの驚くべき自制心に、ローナはそのかいもなく、聖職者の娘とは思えない言葉を叫んでいた。あとで恥ずかしくなりそうなその言葉を、ジェイムズが気にする様子はなかった。実際、気にしてはいられなかった。ローナが再びオーガズムに達したとき、彼にはもう優しくする余裕はなかった。ジェイムズはローナをきつく抱きしめて深々と貫くと、彼女の言葉を胸で封じ、そのまま奪い去った。

「あなたは子供が欲しいんでしょう」ローナは暗闇に向かって言った。真っ暗な彼の寝室で愛し合ったあと、二人は上がけにくるまって、満足げに横たわっていた。こうして子供の話ができるくらい、お互い大人になれたとわかってうれしかった。

「欲しいものはたくさんあるけど」ジェイムズは言った。「一番欲しいのはきみだ」

「養子をもらうこともできるわ」

「できることはたくさんある」

「心配なのよ」ローナは大きく息を吸って吐き出した。改めて打ち明けたいことがあった。「手術のあと、わたしはまた落ち込むんじゃないかと思って。そうしたら、またあなたにつらい思いをさせるわ」

「大丈夫だ」ジェイムズは言った。「そんな暗い考えはぼくが追い払ってやろう。だから、今度はぼくに話してくれ。必要なら、誰かに会って相談してもいい。ローナ、ぼくはこの十年、どんなに苦しんだか。懸命にきみを見つけようとした。ぼくを笑わせてくれて、体もぴったり合う女性を……」

「ジェイムズ！」

「ぼくたちは相性が抜群だ。さっきもそうだった。きみはぼくの上で気を失わんばかりだった」

「そうね」そう言いながらも、ローナは罪悪感にさいなまれていた。「エリーのことはどうなの？　彼女に会っていたんでしょう……」

「そうなんだ」ジェイムズは認めた。

「彼女に何て言うつもり？」ローナの体を不安が駆け抜けた。今の今まで、エリーのことが頭に浮かばなかった。わたしのことで、ジェイムズは一度エリーを傷つけている。それだけでも充分ひどいのに、二度も傷つけるなんて考えられない。

「エリーに？」ローナが身をすくめるのを感じて、

ジェイムズは蘇生《そせい》室での彼女の表情を思い出した。あのときローナは完全に誤解していた。つらい選択だったが、ぼくは誤解を解かなかった。でも今なら、ローナに本当のことが言える。

ようやくお互い正直になれたのだから。

「エリーから食事に誘われたんだ。話したいことがあるからといって。それでぼくは出かけた。そのぐらいのことはする義務があるからね」

「そうなの。それで、どんな話だったの？」

「いろいろさ」ジェイムズは天を仰いだ。「彼女を大切にせず、一度も職場へ連れていかなかった。一年間つき合っても、一緒に暮らそうとする気配さえなかった。ぼくは仕事のことばかり考えていた。どれもが本当のことだった。結局エリーは言ったよ。わたしにはもっとふさわしい男がいると。ぼくもそれには同意した。ちょうどそこへ、アビーから病院への呼び出しの電話があった。エリーはやはりそうなのねと言って、ぼくの電話に出ると、アビーに恨み言を言ってから憤然とレストランを出ていった。それで、ぼくは食事の支払いをすませたよ」

「まあ」

「ちなみに、ベッドでもぼくはくずだそうだ」ジェイムズはむっつりと言った。「いい別れかたとは言えないが、こうなるしかなかったんだ」

「エリーはわかってくれるわ」

「そうだな。彼女の言うとおりなんだ。エリーにはもっとふさわしい男がいい。ところで……」ジェイムズはローナのほうを向いた。「きみのことだ。きみはヘンリー・ラウザーに会うことになっているだろう。彼は最高の婦人科医で――」

「医師の診断なら、セカンドに、サード、フォース・オピニオンまで聞いてるわ」ローナは言った。

「よかった。でも、ヘンリーは名医だから、その手腕を発揮して、例の癒着の問題も解決してくれると思う。きみが大量の鎮痛剤を服用しているのはそのためだろう？」ローナがうなずくと、ジェイムズは彼女の額にキスをした。「もうじき解放される。痛みを抱えて生きる必要はなかったんだ」

ジェイムズは優しく受け入れてくれた。その優しさに、また少し涙がこぼれた。「少しはよくなってきたのよ」ローナは認めた。「いいえ、ずいぶんよくなった。歯科医に行ったら、急に歯の痛みがなくなるみたいに」

「ヘンリーに診てもらったほうがいい」

「でも、彼は同じ病院にいるのよ」ローナは尻込みしたが、ジェイムズは笑っただけだった。

「彼はもう、みんなわかっているはずだよ」

そのとおりだった。

ヘンリーはローナの治療歴に目を通し終えていた。それは自動車事故の分だけでも電話帳並みに厚かった。彼はすべての画像データや検査報告、使用薬剤をチェックしてから、彼女の診察にあたった。

「うーん」彼は火曜日にはいつもボウタイをするような、一風変わった昔かたぎの医師だった。「子宮摘出手術に進む前に、よく調べてみよう」その言葉に、ローナはうめいた。たくさんの医師に検査をされてきたからだ。「今はまだ少し貧血ぎみのようだ。血液検査はするが、まず鉄分を補いたい。それから、秘書が超音波診断の手配をする。短時間の腹腔《ふくくう》鏡検査をして、診察をしてから、治療法を決めたい」

ローナはかかっている医師だけでいいと断ろうとした。検査は何度もしてきたからだ。だが、ヘンリーは粘り強く熱心に勧めた。確かに、子宮はひとつしかない。ローナは袖をたくしあげ、注射針を受け入れた。手は尽くしたとジェイムズにわからせるだけでも、あと少し苦痛をがまんする価値はあった。

22

「よし、よし、えらいわね」メイは子宮頸癌《けいがん》の検査にやってきたリタに話しかけた。

救急科は本来こういう日常的な処置をする場所でないことは、ローナもわかっている。アビーもすかさずそれを指摘したが、結局はローナの好きにさせた。リタが自分の体を大切にしているとわかって、ローナはうれしかった。リタはあのスコットランド人医師をと指名してきたのだが、そこに〝お上品な〟とつけ加えることはなかった。そして、よくあることだが、リタが来たのは子宮頸癌の検査のためだけではなかった。ローナが的確な質問をすると、予想どおり、他にも二、三の問題が浮かびあがってきた。

「婦人科医を呼ぶから、診てもらいましょう」ブランケットを元に戻し、リタが体を起こしかけたところで、ローナは言った。「治療のしかたはいろいろあるから……」

「医師は男、それとも、女？」

「ラウザー医師のチームよ」メイが言った。そういうことは確認しなくてもわかっている。

「女性の臨床研修医もいるわ」ローナはほほ笑んだ。

「来られるかどうか、彼女に連絡してみるわね」

「予約を入れるだけではだめ？」リタはきいたが、彼女が逃げ出して二度と戻ってこないことを、ローナは危惧していた。

「とにかく彼女に連絡だけさせて」

ローナが記録をつけていると、メイが食堂へ昼食に行きがてら声をかけてきた。「何か買ってきてあげましょうか？」

「ローストビーフとホウレンソウとホースラディッシュのロールパンサンド、それにオレンジジュースを一本お願い」

「しっかり食べて、いい子だこと！」メイはくすくす笑って、お金を受け取ってから、鳴っている電話を取った。すると、メイの声がぱっとかしこまったものになった。「ラウザー先生からよ……」

「まだ連絡していないのに」ローナは眉を寄せた。「でも、ちょうどよかった」電話に出たローナの声が途切れた。相手の冷静な声を聞くうち、ローナの目に涙がこみあげてきた。手が激しく震えて、受話器を戻せず、メイが代わりに戻した。

「わたしに会いたいって」

「別にいいじゃないの」

「よくないわ。わたし、いくつか検査を受けたの」

「きっと鉄分が不足しているのよ。その顔を見ただけでわかるわ」

「専門医はそんなことで電話をしてこないわ」ローナはこんなにおびえたことはなかった。いったい何が見つかったというの？

「あなたは医師でしょう」メイは冷静に指摘した。「ラウザー先生は親切のつもりかもしれないわよ。あなたをあまり怖がらせないようにしようと思って。さあ……」メイはひたすら事務的に、ひたすら冷静に問題を整理した。「とにかく臨床研修医に電話して、かわいそうなリタを診てもらって。それがすんだら、ラウザー先生のところまでわたしがついていってあげるわ」

ジェイムズの勤務時間でなくてよかった。どんな結果だろうと彼をわずらわせずに、まずは自分で対処したかった。この数日間は雲の上を歩いているようでふわふわと落ち着かなかったけれど、その雲がとりあえず晴れるということらしい。ローナは鉛のように重い足を引きずって長い廊下を進んだ。メイが隣でおしゃべりをして、ローナの気を紛らそうとしてくれたが、何の効果もなかった。

「このままここで働いてくれるのよね？」診察室の前に座って待っている間に、メイが言った。「この数週間、すごく調子が上がってきたことだし」

「どうかしら……」うわの空で、半分しか耳に入ってこなかったが、ローナの頭は懸命に答えを出そうとした。ジェイムズからは病院に残るよう提案されたが、一緒に働いて一緒に暮らすことについては、二人できちんと話し合いたいと思っていた。

〝一緒に暮らす〟朝、目覚めたときの幸福感を思い出し、ローナは頭が締めつけられた。あの幸せを壊したくない。互いに抱いた淡い夢に、ヘンリー・ラウザーの言葉が穴をうがつのが怖かった。

ローナはキーホルダーを握りしめていた。ジェイムズが買ってくれた銀製の〝L〟の文字がついている。こんなに心細い思いをしたことはなかった。彼女は思わずメイに言った。「わたし、もうじき子宮の摘出手術を受けるの」おびえたまなざしを向けるローナに、メイはただ悲しげにほほ笑んでみせた。

「健康上の問題をたくさん抱えているから、すごく不安なのよ、メイ。ジェイムズに連絡したほうがいいかしら……」ローナはそこで口をきつく閉じた。二人のことは内緒にしておくと約束したはずだった。でも、彼は許してくれる。朝のコーヒーブレイクでうっかり口走ったわけではないから。「わたしたち、よりが戻ったの」

「わかりきったことを言わないで」メイはほほ笑んだ。「さあ、何もわからないうちから気をもんでいないで、まずはラウザー先生のお話を聞きましょう。彼は名医よ。わたし自身、何度か点検修理をお願いしたけど、あれほど念入りに診てくれる医師はいないわ。わたしに中へついていってほしい？」

極度に内気なローナは首を横に振った。だが、秘書から中へ入るように呼びかけられたとき、メイが手をぎゅっと握ると、ローナの気持ちは変わった。

「お願い」

それはローナの人生で最も長い歩みだった。

23

「わたしは念入りに物事を進めるほうでね」二人が席に着くと、ヘンリーは言った。偉大な医師を前に、メイはかしこまっていた。「きみを診察して疑いを持ったので、念のためベータＨＣＧの検査をした……妊娠検査だ」その説明に、ローナはただけげんそうに医師を見た。「すると、数値が高かった」

「まさか」

「驚くのは理解できる」ヘンリー・ラウザーは言った。「それに、きみの病歴を考えると、有頂天になるのは賢明ではないと思う。だから、まずは早急に超音波検査をしたい」彼は診察台を指し示した。最初、ローナは座ったままそこを動かなかった。メイにつき添ってもらったのは大正解だった。一人ではとても診察台までたどり着けなかった。メイはローナを診察台まで連れていき、カーテンを閉めると、あれこれと口出ししながら、ローナがスカートを脱ぐのを手伝い、脱いだものをたたんだ。そして、ウール混のスカートがどうとか、裏地がすてきだとかおしゃべりをして、医師が現れると、ローナの手を握った。

「大丈夫よ」メイはしゃべり続けた。「おなかに冷たいジェルをちょっと塗るだけだから」

見たくない、とローナは思った。希望は抱くまいと決めていた。すると、小さくて速い心音が聞こえてきた。それはつまり、医師の言葉が趣味の悪い冗談ではないということだった。もちろん、ヘンリーがそんなことを言うとはローナも思っていないが、心音が聞こえても、それが正常な位置から出ていなければ意味がない。プローブがローナの体の左側へ動いていく。残っている卵管のあたりだった。もう一度同じ目に遭わせるほど、神は無慈悲ではないはずよ。

「他にも、どこかにいないかちょっと確認を……」

〝念入りだこと！〟おびえた目を向けてきたローナに、メイは口の動きだけで伝えた。

念入りに診察するのはいいことよ。ローナは思った。わたしも念入りなほうがうれしい。特に、こっちが聞きたいことを言ってくれるときは。

「一人だけだな……ちゃんと子宮上部に位置しているよ」

「わたし、妊娠したのね」

「おめでとう」それは世界一すてきな言葉だった。ヘンリーはもう一度繰り返し、メイも同じ言葉を口にした。

「ピルをのんでいるのに」妊娠するなんてありえない。撮った写真を差し出されても、ローナはすぐには信じられなかった。

「やれやれ、ドクター」ヘンリーはほほ笑んだ。

「ピルは抗生物質の影響を受けるんだよ。きみも講義で学んだはずだ……」

「天にまします親愛なる神よ」メイはにっこり笑った。「思《おぼ》し召しどおり、抗生物質を出したのはわたしです！」

「きみはまだ妊娠できるんだよ、ローナ」ヘンリーが言った。「確かに卵管が一本だと確率は半分になるし、癒着や子宮内膜症があると難しいかもしれない。だが卵巣が立派に機能しているのは明らかだし、左の卵管も問題はなさそうだ。最近、体調がいいと言っていたね？」

少しずつ、つじつまが合ってきた。

「食欲も馬並みだし」ヘンリーが執務デスクに戻ると、メイがにやりと笑った。「あなたが妊娠してるって、わたしはわかっていたわ。何日も前から」

「まさか」ローナは鼻で笑った。

「本当よ！」メイは言い張った。「病気のことはよく知らなかったけど、ここ数日のあなたは輝いていたもの」

「セックスのおかげよ」ローナはささやき、二人の女性は声をあげて笑った。この上なく幸せで、心も軽く、あくまで自由で、ローナがずっと求めてきた気分だった。この気分を早くジェイムズと分かち合いたかった。

「早く帰りなさい」ローナがヘンリー・ラウザーに繰り返し礼を言い、最初の妊婦健診の予約を入れ終えると、メイが言った。

妊婦健診だなんて！

医療カードを差し出すとき、ローナは退屈そうな受付係の顔にキスをしたい気分だった。

「わたしの勤務は五時までよ」

「帰りなさい！」メイが再び言い、ローナはそわそわしながらうなずいた。それでも、務めは果たさなければならない。「リタとちょっと話をして、それから……」

ジェイムズに伝えに行こう。

24

〈シャンパンを冷蔵庫に入れておいて！〉

メイからのメールに、ポーリーンは眉を寄せた。

〈仕事中よ！〉ポーリーンは返信した。

〈いいから入れておいて〉

ポーリーンは言われたとおりにしてから、リビングへ入り、お気に入りの自己啓発番組を見始めた。ジェイムズは庭で作業をしている。春も近いので、彼は小さな中庭を片づけていた。おかげで、ポーリーンはのんびり座って、大好きな番組を最後まで見ていられる。

いつの間にか眠っていたポーリーンは、ローナが入ってきた瞬間、飛び起きて、ひたすら謝った。

「いいのよ」今回のローナはほほ笑んでいた。「今日はもう終わりにしたらどう、ポーリーン？」ポーリーンは反論しようと口を開いたが、ローナはなおもほほ笑んでいた。「時間なら大丈夫よ。あなたはたくさん超過勤務をしているでしょう。ジェイムズはどこにいるの？」

「庭にいるわ」ポーリーンはコートを着て、玄関のドアを開けた。ローナはさよならと言って、家の裏手に向かった。

帰るはずだったポーリーンだが、リビングのテーブルに眼鏡を置き忘れて戻ってきた。すると、ローナがジェイムズに近づいていくのが見えた。ジェイムズはほほ笑んだが、ローナの早退をいぶかってか、作業の手を止めた。ポーリーンはもう少し二人の様子を見ていたかったが、自分には関係のないことなので、あきらめてそっと外の通りに出た。

そして、そこで携帯電話を取り出し、メイに電話をかけた。

「おや？」近づいてくるローナに向かって、ジェイムズはいぶかしげに声をかけた。「どうして帰ってきたんだ？」

「もうじっとしていられなくて」もう少しじらしたかったが、ローナは顔がほころぶのを抑えきれなかった。「わたし、ヘンリー・ラウザーに呼び出されたの」

「その結果、にこにこしているわけか？」今やジェイムズもほほ笑んでいた。「つまり、手術の必要はないと言われたんだな？」

「たぶん手術は必要だと思う」ローナは言った。

「しばらくはないだろうけど。数カ月先とか」

「それで大丈夫なのか？」ジェイムズはきいた。

「言ってたじゃないか、痛みがあると……」

「ここ数週間はあまり痛みがなかったの」ローナは

言った。「事故後の投薬治療が終わっても」口に出して言わなくても、ジェイムズは気づいてくれると思っていた。でも、彼がそこに思いが至らないのは理解できる。とうていかなわぬ夢、まるで不可能なことと思われていたのだから。

わたしからちゃんと話さなければ。このニュースを今すぐ彼と分かち合いたい。あふれるように、ローナの口から言葉が飛び出した。これは彼のニュースでもあるのだから、このすばらしい喜びを一秒でも早く味わう権利が彼にはあるのよ。

「わたし、妊娠したの」この言葉をもう一度言う日が来るなんて、考えもしなかった。とりわけ、ジェイムズに言うことはないと思っていた。「超音波検査を受けて、着床位置も正常だったわ」

自分が決して耳にすることのない言葉だと、ジェイムズはあきらめていた。とりわけローナの口から聞くことはないと思っていた。だから、理解するまで少し時間がかかった。子供を持てない悲しみにはひそかに折り合いをつけていた。ローナには絶対に言わないが、彼女の手術のことを知ったとき、ジェイムズは喪失感を覚えた。ただ、つらい思いはしても、ローナがそばにいてくれれば充分だった。それでも、心の奥の喪失感はどうしても消えなかった。

「大丈夫、うまくいくわよ」ローナは言った。ほほ笑みは消えていたが、涙もなかった。ジェイムズは彼女を抱き寄せた。「ちっとも不安じゃないわ、ジェイムズ。なんとなくうまくいく気がする」

「きっとうまくいくさ」ジェイムズは彼女にキスをした。ローナが今まで味わったことのない、言葉では言い表せないキスだった。終わりと始まり、過去と未来、愛と情熱の味がした。そしてもうひとつ、別の何かがあった。二人で家の中へ入った瞬間、それが何なのか、ローナは気づいた。

希望だ。

ローナはキッチンのテーブルに座り、妊婦健診カードを眺めた。出産予定日、最終月経、次回予約日時。至福のひとときに浸りながらも、ローナはおなかがぺこぺこだったことを思い出した。喉もからからで、紅茶が欲しい。ジェイムズはローナの昼食を作るために冷蔵庫へ向かった。窓から差し込む冬の薄日の中で、ローナはこれからのことを考えた。

　チャンスはあるけれど、リスクもある。探そうと思えば、マイナス面はいくらでもある。でも、信じる気持ちがあれば、前に進むのがずっと楽になる。何事もなくうまくいく、どこかで誰かが見守っていてくれる。そう信じることよ。

「こんなことって信じられない！」考え込んでいたローナは、ジェイムズの声にはっとした。

「本当に夢みたいよね」

「そのことではなくて」ジェイムズはにやりと笑った。「これだよ！」彼は冷蔵庫からシャンパンのボトルを引っぱり出した。「どうしてここに入っているんだ？」

「きっと神の思《おぼ》し召しね！」ローナは言った。シャンパンも赤ん坊も衝突事故も、そして、絶望的な状況にあらがって永らえている命も。「すべては神の思し召しなのよ！」

エピローグ

ジェイムズは結婚しなくてもローナとの愛を育むことはできた。

ナイスガイの彼も人間なので、このままマクレラン牧師の娘と一緒に住むことに、ある種の喜びを感じる部分も多少はあった。だが、ジェイムズはローナの父親を嫌う以上にローナを愛していた。そこで彼は登記所での結婚式を提案した。通りに居合わせた誰か二人に証人を頼み、さっと式を挙げて婚姻届を出す。そのあとで、みんなに報告するという形だ。ただ、ローナは教会での結婚式を望んだ。

それについて考えるうちに、ジェイムズも同じ気持ちになってきた。二つの異なる結婚式の写真をマントルピースの上に飾るのもすてきだし、一生の語りぐさになるだろう。それに、ジェイムズには神に感謝したいことがたくさんあった。

ものすごくたくさん。

できるだけ、こぢんまりとした式にするつもりだったが、二人の喜びをともに分かち合いたいという人がたくさんいて、人数はローナのおなかとともにふくらんでいった。ただ、ローナには、子供ができたから結婚すると思われたくないという奇妙な考えがあって、式はしかるべきときまで延期された。彼女の父親にとってはゆゆしきことだったが。

それでも、ローナは気にしなかった。

これはわたしの人生で、わたしの結婚式なのだ。そして、これがわたしの信じる道。ローナはある晩、父親に電話でそう言った。その間、ジェイムズはテレビを見ているふりをしていた。

カジュアルながらも正式な形の式だった。愛にあふれる面々が待ち受ける中、二人は教会に入っていった。

一緒に。

今回は二人一緒に通路を歩いた。十年前にすんでいるので、花嫁の引き渡しの儀式は必要ない。実際、長い時間の隔たりはあっても、ローナはずっと彼のそばにいたのだから。

いや、通路を進んでいるのは二人ではなく、三人だった。

ジェイムズはスーツ姿だが、新調したものではない。ローナが着ている柔らかなライラック色のドレスは新しかったが、ネットオークションで購入したものだ。二人は節約してお金をためなければならないのだ。彼の小さなタウンハウスではすぐに手狭になりそうなので、セント・ジョンズ・ウッドにある広大な家に狙いをつけていた。ローナが手術を受ける前になんとかもう一人子供をもうけようとはしているけれど、結果はどうあれ、二人とも今でも充分幸せだと思っていた。

ジェイムズとローナは家族として未来を見すえていた。彼の腕には今やＪＪとして知られ始めている小さなジェイムズが抱かれている。赤ん坊の青い瞳はすでに緑色に変わり始め、ローナが金髪だと言い張る髪は、どう見ても赤毛だった。ローナは百合《ゆり》を一本手に持っていた。他のみんなには何の意味もないが、二人にとっては大切な意味を持っていた。

それは世界一すてきな結婚式だった。マクレラン牧師までがほほ笑みを浮かべ、孫を抱いて戻ってきたジェイムズを温かく迎えた。生後三カ月にして、ＪＪはロンドンじゅうを明るくするほほ笑みで、鋼の心をもとろかしたのだ。ベティも今日ばかりは髪を下ろし、シャンパンを飲んで、何度もダンスを踊った。

「まぎらわしいんじゃないかしら?」招待客が全員

そろい、ローナとジェイムズもテーブルに着いたところで、ポーリーンが言った。「同じ科でドクター・モレルが二人働いていたら？」

「ジェイムズはミスターでしょう」アビーが言い、自分のグラスをいっぱいに満たした。

「女性の医師はたいてい旧姓のままよ」メイが説明した。「だから、混乱することはないわ」

「そこは違うの」ローナはグラスを空けた。「わたしはすべてでモレルになるつもりよ。だから、わたしの呼び名は変わるわ。みんなには申し訳ないけれど……」一瞬がっかりした様子のみんなに、ローナはほほ笑みかけた。混乱させてしまうけれど、しかたがないわ。わたしがジェイムズの妻ということは、みんなに知ってほしいから。

「さあ、メイ」少しエネルギッシュな曲がかかると、ポーリーンが立ちあがった。「わたし、この曲大好きなの」

「あの二人、ずいぶん仲がよくなったみたいだな」二人の女性がダンスフロアに大波乱を巻き起こしているのを見て、ジェイムズはにやりと笑った。「二人を一緒に座らせたのは正解だった。まるで生まれたときからの知り合いみたいじゃないか」彼は花嫁をダンスフロアに連れていった。

「あの、ジェイムズ……」音楽がスローなテンポに変わり、まるで二人だけで踊っているような雰囲気になった。最高の一日の終わりをジェイムズの腕の中で迎えられるのはこの上ない幸せだった。そろそろ、さっきわたしが気づいたことを彼に伝えたほうがいいかもしれない。わたしたちは見守られ、世話を焼かれているのだということを。運命にはときに手助けが必要だということを。わけもなく、シャンパンのボトルが冷蔵庫に並んでいたりするはずがないのだから。

「何だい？」

ローナは彼に言おうとしたが、思いとどまった。どうしてだいなしにするの？　ジェイムズの理性的な緑色の瞳をのぞき込んで、ローナは思った。もし彼に言ったら、本当に起こった奇跡の価値が下がってしまう。

代わりにローナは、ジェイムズに愛していると伝えた。

「それはわかっている」ジェイムズはローナの髪に顔をうずめ、シャンプーのラベンダーの香りをかいだ。ほっそりしたローナの体は彼の体にぴったりと重なった。ジェイムズは自分の幸運が信じられなかった。「でも、もう一度聞かせてくれないか」

ローナは愛していると言った。

彼女はこれからも言い続ける。

いつまでも変わることなく。

ハーレクイン®

ハーレクイン・イマージュ　2019年12月刊（I-2591）

神様からの処方箋
2024年5月20日発行

著　　者　キャロル・マリネッリ
訳　　者　大田朋子（おおた　ともこ）

発 行 人　鈴木幸辰
発 行 所　株式会社ハーパーコリンズ・ジャパン
東京都千代田区大手町1-5-1
電話 04-2951-2000（注文）
0570-008091（読者ｻｰﾋﾞｽ係）

印刷・製本　大日本印刷株式会社
東京都新宿区市谷加賀町1-1-1

表紙写真　© Alexander Haustov | Dreamstime.com

ISBN978-4-596-54095-9 C0297

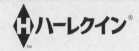

5月31日発売　ハーレクイン・シリーズ 6月5日刊

ハーレクイン・ロマンス
愛の激しさを知る

秘書が薬指についた嘘	マヤ・ブレイク／雪美月志音 訳	R-3877
名もなきシンデレラの秘密 《純潔のシンデレラ》	ケイトリン・クルーズ／児玉みずうみ 訳	R-3878
伯爵家の秘密 《伝説の名作選》	ミシェル・リード／有沢瞳子 訳	R-3879
身代わり花嫁のため息 《伝説の名作選》	メイシー・イエーツ／小河紅美 訳	R-3880

ハーレクイン・イマージュ
ピュアな思いに満たされる

捨てられた妻は記憶を失い	クリスティン・リマー／川合りりこ 訳	I-2805
秘密の愛し子と永遠の約束 《至福の名作選》	スーザン・メイアー／飛川あゆみ 訳	I-2806

ハーレクイン・マスターピース
世界に愛された作家たち
～永久不滅の銘作コレクション～

純愛の城 《特選ペニー・ジョーダン》	ペニー・ジョーダン／霜月　桂 訳	MP-95

ハーレクイン・ヒストリカル・スペシャル
華やかなりし時代へ誘う

悪役公爵より愛をこめて	クリスティン・メリル／富永佐知子 訳	PHS-328
愛を守る者	スザーン・バークレー／平江まゆみ 訳	PHS-329

ハーレクイン・プレゼンツ作家シリーズ別冊
魅惑のテーマが光る
極上セレクション

あなたが気づくまで	アマンダ・ブラウニング／霜月　桂 訳	PB-386

※予告なく発売日・刊行タイトルが変更になる場合がございます。ご了承ください。

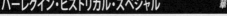